La schiavitù e il pensiero

Alberto Mario

Texte et illustration de couverture : © domaine public
Edition : Culturea (Hérault, 34)
Contact : infos@culturea.fr
Retrouvez notre catalogue sur http://culturea.fr
Imprimé en Allemagne par Books on Demand
Design typographique : Derek Murphy
Layout : Reedsy (https://reedsy.com/)

Dépôt légal : janvier 2023

ISBN : 9791041846283

La schiavitù e il pensiero

Alberto Mario

PARTE PRIMA

I.

Il martirio.

Come in lo specchio fiamma di doppiere

Vede colui che se ne alluma dietro

E se rivolve per veder se il vetro

Gli dice il vero, e crede ch'el si accorda

Con esso, come nota con suo metro,

(Parad. e. XXVIII).

Così chi studia e conosce la Letteratura di un popolo, si ravvisa l'immagine di lui fedelmente riflessa, la Letteratura essendo la rivelazione più elevata e più nobile del pensiero umano. E avvegnachè la fantasia e il sentimento fiancheggiati dalla ragione, siano lo strumento, mediante il quale essa si manifesta, ne viene che il Poeta e l'Artista, nudrendosi e fortificandosi nella scuola del passato, dalle condizioni presenti, spiccano il volo anelando assiduamente all'avvenire, divinandolo e vestendolo di tutte le leggiadrie e le seduzioni del bello. Laonde eglino, nel mentre sono educatori delle migliaia, divengono precursori dell'idea che informerà progressivamente la società nel momento storico successivo. Ma se la patria del Poeta e dell'Artista è incatenata alla rupe a similitudine di Prometeo, se i più cospicui beneficii dell'umano sodalizio sono sfruttati dall'arbitrio di una famiglia e dalla autorità teocratica, siccome la Letteratura per intima virtù aspira indefessa alla libertà, come l'aquila al sole, così mute la fervida parola in vagito, e umile o servile va terra terra perdendo a poco a poco sino la memoria delle altezze native, se pur giunge a conservare la venustà e la purezza obbiettiva del linguaggio: talora si contamina nel pantano delle meretrici, rendendosi istrumento potentissimo della corruttela dello spirito: e mercanteggia i liberi estri, e li avvilisce inneggiando alla tirannide che protegge e paga; e quando la società attinge l'infimo grado della declinazione, che è susseguita dall'inevitabile provvidenziale palingenesi, oltre alla coscienza subiettiva, smarrisce l'obbiettività estetica ornandosi di gonfiezze, di tropi ridicoli, di metafore grottesche. Non è tale per avventura la storia della poesia e dell'arte italiana dal secolo XVI al termine del XVIII?

Però un grande poeta sorge appunto nella seconda metà del secolo XVI, Torquato Tasso.

L'impulso intellettuale dato dal Risorgimento, per cui l'Italia ebbe una Letteratura, cessa con l'Ariosto. L'Orlando Furioso è il sigillo di quell'epoca grande. Contemporanea alla pubblicazione di questo poema fu la caduta di Firenze, ultimo rifugio della libertà dei comuni italiani. Il Cattolicismo erasi ricinto dello splendore che la Letteratura del Risorgimento diffondeva alla vigilia di perire. L'epoca di Leone X fu un momento di calma olimpica. La Letteratura che aveva smarrito ogni senso di missione sociale (perchè la società, di cui fu anima ed espressione non esisteva più) ed erasi ravvolta sotto il manto stellato della bellezza, la quali a un'ora erale forma e fine, ebbe il sorrisi d'una religione che, assisa sul sepolcro della libertà d'Italia, credevasi rassicurata e ringiovanita. Ma quella calma, e quella armonia durarono poca ora. Lutero ruppe l'incanto. La Riforma propagandosi rapidamente e minacciando più da vicino l'autorità del Vaticano, il Cattolicismo diè mano a ripuntellarsi con una nuova affermazione de' suoi dogmi della sua morale e della sua disciplina. Contrappose a Lutero il Concilio di Trento. In tanto travaglio di reazione contro il nuovo indirizzo del pensiero umano la Chiesa ebbe per un istante favorevoli gli Italiani. Dimenticarono gli sconsigliati che erano cessate le cagioni per le quali ella sostenne le popolari franchigie nei giorni gloriosi delle loro repubbliche. Il Tasso, uomo di spiriti cavallereschi, fu agevolmente tratto su questa via poichè parevagli la più generosa; non poteva distaccarsi da una istituzione che, essendo stata difenditrice dei deboli quando la prepotenza della spada contristava l'Europa, e promotrice delle spedizioni avventurose e romanzesche alla conquista del sepolcro di Cristo, affascinava il suo cuore di paladino. Come poeta partecipò della lotta e combattè per la Chiesa vacillante. Cantò i tempi eroici del Cattolicismo, e fu il poeta della riazione religiosa, forse senza avvedersene. Vissuto in un secolo nel quale iniziavasi una lotta sociale che ferve tuttora, non nella Gerusalemme, sibbene nel dramma della sua vita interiore, negli spasimi morali durati, nell'anelito febbrile verso un ideale che non gli venne mai fatto di avvicinare, nell'incontentabilità affannosa del suo intelletto e perfino nella sua sublime follia vuolsi riconoscere lo spirito del Poeta che cerca di svilupparsi da un mondo che crolla e si sfascia. Il suo nobile carattere in mezzo all'atmosfera corrotta dalla corte di Ferrara gli ha fruttata la carcere di sette anni e l'infelicità perpetua della sua vita.

La sua Gerusalemme appartiene al passato, il suo martirio all'avvenire.

Dopo il Tasso la poesia decadde rapidamente nel gonfio e nel falso, come l'arte dopo Michelangelo, nel deforme e nell'eccletico. Il poema del Marino s'imparenta per molte analogie ai marmi e ai palazzi del Bernino e alle tele del Grimaldi. Dopo di loro e poesia e arti, perduta la magnificenza che serbarono nel decadimento, si stemperarono negli infemminiti melodrammi del Metastasio, nelle smancerie degli arcadi, nei manierati dipinti del Battoni e nelle inanimate prospettive del Canaletto. Dicevole cornice del quadro furono le infangate novelle del Casti. Ma in seguito parlerò più diffusamente di questo momento storico della Letteratura.

Durante la duplice schiavitù del corpo e dell'anima la filosofia, parte integrale della Letteratura, imbavagliata dalla Ragione di Stato è dal Domma religioso, riducesi ad un fumido misticismo, o ad un ginnasio esiziale di concettose sottigliezze, ad una serie d'inconcludenti sillogismi; orba d'ideale, vana, senza intento qualsiasi, e senza modo possibile di applicazione nelle contingenze della vita.

La Ragione di Stato vieta la rivelazione del vero nella sfera della speculazione, perchè il bisogno e il volere, di traportarlo nella realtà politica e sociale non si dèstino. La coscienza infatti che la Libertà è la medesima esistenza, spronerebbe l'uomo a rompere le catene della servitù e a insanguinarle nel cranio dell'oppressore; e quella coscienza sarebbe il frutto primo e precipuo del libero filosofare.

Il Domma religioso proibisce l'indagine del vero, perchè l'esame e la fede, l'evidenza e il mistero, la grazia e la giustizia, l'autorità e la libertà sono termini contradittorii. Edipo svelando l'enimma precipiterebbe la Sfinge dalla rupe. Sotto l'impero del Domma, non è possibile che la filosofia dommatica, la quale posa sulla rivelazione divina, sul miracolo, sua base e sommo principio: mentre la filosofia ha quale supremo criterio di verità la Ragione, e scopo supremo la Verità: e con la scorta prudente della ragione sulle ali del

4

sentimento, innalzasi fino all'intuizione dell'Assoluto. Ora, secondo la filosofia dommatica, ciò che resta a dimostrarsi e di per sè indimostrabile, costituisce il suo principio fondamentale e generatore, si ha in conto di vero, e di dimostrato per articolo di fede: da cui tutto il mondo sensibile ed intelligibile deve ricevere luce ed applicazione e a cui per amore o malgrado dee corrispondere e adattarsi. Il quale processo speculativo riesce, non già alla conoscenza del Vero, ma ad una mera apologia del Domma religioso, apologia cioè del principio d'autorità infallibile la quale dal sovrannaturale procedendo e gravitando sulla natura, nell'ordine subbiettivo comprime la virtù del pensiero, soffoca le aspirazioni della coscienza; nell'obbiettivo consecrando col dito divino l'oppressione politica, ausiliaria fedele e potentissima della oppressione intellettuale e morale, diventa sigillo della schiavitù.

Bacone ci ammaestra che il metodo di invenzione e di dimostrazione — e consiste nello stabilire primamente i principii generali, ad applicarvi in seguito le proposizioni intermedie (assiomi mediani) per determinare questi ultimi — è la fonte di tutti gli errori, flagello verace di tutte le scienze.

In tal maniera Bacone fece conoscere (e fu uno de' suoi meriti principalissimi) che il procedere nel ragionamento dai puri concetti, ommettendo di fissarne i rapporti obiettivi, siccome ha costantemente adoperato la filosofia dommatica, rende impossibile la cognizione, e la certezza. «Sorta di filosofia, osserva Schmidt , la quale si occupa del subbiettivo, dell'interno, e si esercita in applicazioni logiche in classificazioni dei nostri concetti in distinzioni, definizioni dimostrazioni, disputazioni e logici tornei; tratta di problemi e di sofismi solo pel loro interesse logico e per la loro formola regolare senza aver riguardo al contenuto o al loro merito reale.»

E tale filosofia insegnasi tuttora nelle scuole italiane.

Ogniqualvolta in cosifatta situazione politica e religiosa, alcuni sacri ingegni, soli rappresentanti delle generazioni smarrite, salvatori della civiltà e continuatori del progresso, sollevandosi alle serene regioni del Vero, l'ebbero rivelata in lingue di fuoco, o vissero confessori sventuratissimi in mezzo ai triboli alla miseria alle persecuzioni, o morirono martiri gloriosissimi del pensiero. Il progresso, ossia lo sviluppo perenne delle facoltà umane, manifestasi talora con virtù d'intensione, talora di espansione. D'intensione, quando la somma delle idee è condensata nella mente d'uno o di alcuni uomini di genio il cui ufficio sembra sia quello di pensare per conto della generazione contemporanea e spesso della succedente. Per espansione, allorchè il privilegio di quei pochi e la accumulata ricchezza intellettuale divengono beneficio e patrimonio dei più finchè il dispotismo del Tempio e della Reggia stringe e comprime le forze vitali di una nazione, il progresso si manifesta con virtù di intensione. La Ragione di Stato e il Domma religioso tesoreggiando il consiglio del vecchio Tarquinio abbattono e recidono i sublimi papaveri; i quali cadendo spargono il seme fecondatore che si sottragge alla scure, e poscia rigermogliano moltiplicati.

Nel mentre la nazione italiana stavasi supina ed immiserita dall'ozio e dalla corrutela, e senza lamento, quasi nella inconsapevolezza di se medesima (talvolta l'azione della servitù penetra fino alla coscienza e la pietrifica), sopportava il doppio ed acuto cilizio del Papato e della Monarchia, se pure ne togli il moto di Masaniello, e la lotta della plebe genovese unici segni espressi in Italia, che realmente il popolo è immortale come il suo diritto — alcuni nobilissimi spiriti, durante il silenzio sepolcrale di tre secoli, di intervallo in intervallo sorsero vigorosamente a protestare in nome della nazione, in nome della inviolabilità del pensiero, della santità della coscienza, in nome del Vero e del Bene. Mirabile gara nei ludi olimpici della umana sapienza! E tanta luce d'ingegno, e tanta dottrina e l'incrollabile fede nei venturi destini della Scienza, e il divino entusiasmo, e la costanza nell'ardua via e la fortezza nelle tribolazioni, e la serenità profetica nei supplizi, e la convinzione profonda, onde ad ogni slogamento d'ossa, udiasi ripetere sul viso dei manigoldi che avevano decretata la immobilità dello spirito umano – EPPUR SI MUOVE! debbono essere a noi, loro figli, argomento di ammirazione, di gratitudine e di emulazione, e agli stranieri di ossequio reverente verso l'Italia: imperocchè i germi della Riforma e della Filosofia moderna si svilupparono in Italia, e quindi, propagaronsi in Europa per opera di qui grandissimi: primi artefici che inarcarono il ponte fra la civiltà del medio evo e la presente.

Per apprezzare con giustizia, quanto quegli uomini eminenti abbiano contribuito allo sviluppo e al perfezionamento del pensiero, e perchè siansi attirati l'ira e i fulmini del Cattolicismo, e dell'Impero, bisogna almeno, per sommi capi, conoscere le condizioni del pensiero al loro comparire.

Dopo che la fede cristiana pervenne a cancellar quasi ogni segno del Paganesimo, onde la sola Scuola Alessandrina sopravvissuta al naufragio, potè in qualche modo mettere in comunione l'antichità intellettuale coi tempi posteriori, faceva d'uopo ricostrurre dalla base tutto l'edificio speculativo sulle semplici norme delle dottrine apostoliche, bisognava determinare l'idea di Dio e de' suoi rapporti con la creatura, e i rapporti di questa col mondo esterno, bisognava infine elaborare una metafisica che, assimilandosi le dottrine evangeliche, costruisse il fondamento dogmatico della nuova religione: d'onde emerse una schiera di sistemi; e la Chiesa costretta di abbracciarne uno e dichiararlo ortodosso doveva colpire d'eterodossia tutti i rimanenti.

Ma per la comprensione della vita non erano sufficienti nè il processo nè i risultati dell'ontologia. Volevasi una determinazione delle funzioni intellettive e sensitive dell'uomo, volevasi cioè una critica della ragione e della sensazione. Da questo nuovo lavoro speculativo derivarono due scuole, cioè da due punti differenti fu posta mano all'analisi, e a due punti contrari se ne condussero le conclusioni — da un canto — all'affermazione di una realtà sostanziale, universale, indipendente e sceverata dal subbietto, appetto della quale tutti i particolari son mere forme o modi di quella realtà, onde ogni cosa sussiste per essa, o in essa: dall'altro — a una negazione di tutto ciò che è fuori del subbietto; non vi ha particolarità, non vi ha sostanzialità, se non in quanto il subbietto se ne forma una idea. La prima di queste dottrine, detta Realista, riuscì al panteismo; la seconda, Nominalista, allo scetticismo razionale, ed entrambe, forse inconsapevolmente, affannandosi di dar base filosofica alla religione cattolica, incominciarono a demolirla. La Chiesa che s'aspettava, da tanto travaglio speculativo, la verificazione perpetua della profezia — che lo spirito d'inferno non prevarrà mai su di essa —avvedutasi che il Nominalismo, propulsando il dubbio sino a chiedere se il domma o la ragione fosse criterio di certezza, e senza lungo esitare acclamando la ragione, — l'avrebbe scalzata e distrutta, l'interdisse e dichiarò nemico. Si fece Realista, ma gli ultimi filosofemi del realismo, risolvendosi: nell'identità dell'idea e del fenomeno, della sostanzialità reale e del subbietto, contraddicevano alla sua teoria fondamentale — la impenetrabilità dell'essenza divina: e sentitasi colta alla rete dall'eresia, colpì d'anatema anche il Realismo, e rifuggissi in un dogmatismo mistico poco di poi petrificato dal Concilio di Trento; e forma la sua filosofia ufficiale.

In forza del principio di autorità che essa deriva dalla propria infallibilità, come vicaria di Dio, e direttamente ispirata dallo Spirito Santo, prescrisse al pensiero confini definiti sua filosofia sotto pena della corda e del rogo. Ma il pensiero erasi già emancipato e la morte di Giovanni Huss e di Girolamo da Praga fu il segnale della guerra, senza tregua e senza quartiere col principio d'autorità. Intanto la caduta di Costantinopoli faceva pellegrinare verso l'Italia gli ultimi sapienti, come che degenerati, dell'Impero Greco, che portavano seco compagne dell'esilio gran parte delle opere filosofiche della vecchia Grecia. E tutto quanto in addietro fu cogitato e discusso per impulso originale degli intelletti, ora ricevette consistenza e solidità dottrinale, e s'è incominciato a sottoporlo ad un metodo . Di qui il verace momento del conflitto fra il cattolicismo e il pensiero: — è l'ora in cui discendono successivamente nell'arringo quelle grandi figure italiane alle quali ho accennato. È l'ora in cui, mentre in Italia comincia il divorzio della filosofia e poco dopo delle scienze positive e sperimentali dalla Chiesa, nella Germania e in Inghilterra suona la campana a stormo della Riforma, e la Chiesa inchiodata nel medio evo cerca, ma indarno, cogli anatemi, con l'Inquisizione, con la Compagnia di Gesù, d'impedire all'Europa d'avanzarsi lungo il cammino indefinito del Vero e del Bene. Aggiungasi che in tal epoca il sentimento della nazionalità avendo cominciato, quantunque tenuemente, a palesarsi in Italia il Papato e l'Impero, dapprima avversarii, davanti al sorgente pericolo comune, si strinsero a causa comune, e per la parentela che lega le idee alle loro applicazioni, la persecuzione contro i cultori liberi del pensiero, era di doppia natura, come notammo, politica e religiosa .

Diffuse nella genuina lezione le opere filosofiche della Grecia nudrirono e crebbero l'ardore speculativo che segnala la seconda metà del secolo XVI e il XVII, e sulle orme di quei Padri della Filosofia era naturale che i moderni pensatori investigassero il vero sopra vie differenti e quindi con diverso magisterio di cogitazioni sottraessero lo spirito umano ai ceppi del Cattolicismo. Infatti quivi si combatte coll'idealismo di Platone, là col sensismo d'Aristotele, altrove col positivismo di Parmenide. Sonvi tre scuole; la scuola di Ficino, di Telesio, di Pomponazzi.

II.

Marsilio Ficino

Nessuno ignora che ogni religione è una Sintesi. Quando una Sintesi religiosa fu svolta nell'orbita teologica e nella metafisica, scende dalle mistiche altezze nel mondo obbiettivo, e lo involve, lo compenetra, lo informa e lo unifica. Laonde essa diventa l'ideale a cui aspira la poesia, su cui si modellano le arti, si modificano i costumi, gli ordinamenti politici si contemperano; in una parola, il pensiero e l'azione d'un momento storico si sviluppano e si qualificano. E quando così concretata esaurì ogni maniera d'applicazioni, e in essa è spento ogni principio di vitalità, cessa l'armonia spirituale e reale sua mercè stabilita, e subentra l'universale disgregamento. Non solo le arti dalla poesia, la poesia dalla scienza, la scienza dagli istituti politici si separano, ma in ciascuna di queste categorie dell'attività umana l'individuo si discerne dall'individuo. Rotto il legame della comunione ciascuno, per quell'ingenito sentimento religioso che anima e muove tutti gli artefici del progresso, quei medesimi che la voce pubblica designa col nome di scettici, istintivamente procaccia a respingere quella Sintesi nei dominii della Storia presagendone altra che la surroghi nell'ufficio sociale. Tale sentimento governava Sesto Empirico, Pomponazzi e Voltaire comunque demolitori, del pari che il discepolo di Gamaliel, Sant'Agostino e Lutero che furono edificatori. I primi sono necessari a rendere possibili i secondi; gli uni distruggono una verità relativa diventata errore, affinchè gli altri costruggano una verità successiva. Sesto Empirico abbatte la Sintesi Greca, e prelude all'opera di San Paolo e di Sant'Agostino. Pomponazzi e altri annichilano la dottrina del Vaticano e

Lutero si affaccia alla Storia. Voltaire smantella tutto il vecchio e il nuovo monumento e apparecchia lo spazio a una nuova Sintesi a cui tende evidentemente l'età nostra.

Ora nel secolo XVI la Sintesi Cattolica aveva adempiuto al proprio ministerio; e ne sia prova il prevalere dell'io sul noi che si avverte nella Società, il lavoro parziale di ciascheduno senza rapporti con altrui: l'unità scompare, e con essa quel mirabile sodalizio degli animi, degl'intelletti e delle opere che additasi in Italia nei secoli antecedenti. Nel mentre la società passa dall'uno all'altro stato, non potendo risolversi senza dolore di rinunciare a quella Sintesi che pure, per il lungo costume, pei rapporti innumerabili, ed anche per ossequio tradizionale, le è cara, studia di puntellarla traendo aiuti d'altronde, saggiando di trafonderle nuovi spinti; ma non pertanto la Sintesi non si ravviva e dà luogo ad un Sincretismo il quale non è che una superfetazione. Alla caduta della Sintesi pagana si ha il Sincretismo della Scuola Alessandrina; alla caduta della Sintesi Cattolica, il Sincretismo dell'Accademia Platonica di Firenze istituita da Cosimo de' Medici. Artefici e difensori del Sincretismo sono quegli uomini che, nei momenti di transizione, sentendo insufficiente il passato non osano avventurarsi nell'avvenire. Marsilio Ficino membro principale di quell'Accademia provasi d'innestare nella Sintesi Cattolica idee tolte a Zoroastro, a Platone, a Plotino, a Gemisto Pletone, e con siffatto Sincretismo di conciliare la filosofia e la religione (Sincretismo ritentato da Schelling nel secolo XIX) e riesce all'Emanatismo che cancella la personalità del Dio cristiano: «L'uomo e l'universo emanano da Dio, padre consustanziale di tutte le idee, per mezzo delle quali ei comprende se stesso, e il tutto è in lui compreso; e ritorna in Dio e in lui si perde» .

Giordano Bruno

Giordano Bruno continuatore del Ficino compie risolutamente l'atto di separazione dalla Sintesi Cattolica.

Giordano Bruno difendendo e sviluppando il sistema di Copernico, dimostra infinita la mole dell'universo; invano cercarsene il centro o la circonferenza; il mondo nostro essere conforme nella materia agli altri mondi, ugualmente abitati d'uomini e d'animali; e il moto della terra intorno al Sole essere verità che ha svelato molti secreti della Natura : non esservi ottava sfera o cielo delle stelle fisse, nè quei corpi essere equidistanti dal mezzo, tutti muoversi senza eccezione: e il moto procedere necessariamente da un principio interno, come da propria natura ed anima; ogni moto naturale accostarsi al circolare; la terra ed altri simili corpi muoversi con più differenze di moto , la terra e la luna avvicendarsi la luce, la terra non essere esattamente, sferica, il Sole e i Pianeti avere il proprio centro, e le Comete essere pianeti .

Tale uguaglianza della terra e del cielo gli servì di fondamento al suo sistema filosofico. In sua mente l'Universo e Dio sono uno. — Aristotele, ei scrive, mai non si stanca di dividere con la ragione ciò che è indiviso secondo la natura e la verità. Bruno all'incontro mira all'identificazione del subbietto e dell'obbietto, del metodo logico e del suo oggetto, e contenuto; mira a creare una dialettica che determini l'unità nei contrarii, e i contrarii nell'unità; o in altri termini, tenta una teorica dell'assoluto nella quale si conciliino il finito e l'infinito, il reale e l'ideale.

Dio in sentenza di lui, è primo principio e prima causa. Principio e causa in Dio sono la medesima cosa con diverso modo di manifestazione. Invece principio e causa nella Natura ester ore significano diverse cose con diversi modi di manifestazione.

Altro è principio; altro è causa. Principio è ciò che intrinsecamente concorre alla costituzione della cosa e rimane nell'effetto. Causa è quella che concorre alla produzione delle cose esteriormente, e rimane indipendente e separata dall'effetto.

Come principio e come causa Dio è l'anima del mondo, e quindi l'intelletto universale che è prima e principale facoltà dell'anima del mondo. Questo intelletto è artefice del mondo perchè forma la materia e la figura dal di dentro ed opera continuamente tutto intero in ogni parte.

Dio è Causa efficiente, e perciò estrinseca e intrinseca: estrinseca perchè separata dalla sostanza ed essenza degli effetti, intrinseca in quanto all'atto della sua operazione.

Dio è Causa formale: la causa formale è la ragione ideale ossia la forma della cosa da prodursi; Dio, o l'intelletto universale, che ha la facoltà di produrre tutte le specie e svilupparle dalla potenza della materia all'atto, dee averne precogitate idealmente le forme.

Dio è Causa finale: la causa finale è la perfezione dell'universo, la quale consiste nello sviluppo interminabile di tutte le forme.

Dio, o l'anima dell'universo, in quanto che anima ed informa è parte intrinseca e formale di quello, ossia principio. In quanto che lo indirizza e lo governa, non è parte, non vi ha ragione di principio ma di causa. Se l'anima del mondo informa il tutto, ne viene che non evvi parte anche menoma che non sia animata. L'anima del mondo è dapertutto come la voce è tutta in tutta una stanza. E se lo spirito, l'anima, la vita trovasi in tutte le cose, costituisce il vero atto, la vera forma di tutte le cose; onde l'anima del mondo è il principio formale costitutivo di tutte le cose; e questo principio formale non può annullarsi, essendo la sostanza formale indistruttibile al pari della sostanza materiale: non mutano che le forme esteriori, perchè non sono cose, nè sostanze, ma accidenti e circostanze delle cose.

Dunque non v'è morte nè pei corpi nè per le anime, essendo la materia e la forma principii costantissimi. Per esempio quel che era seme si fa erba, e poi spica, e pane, e chilo, e sangue, e sperma, ed embrione, e uomo, e cadavere, e terra, e pietra e altra cosa e così perviene a tutte le forme naturali; bisogna dunque che siavi una cosa che da sè non è veruna di quelle, e questa cosa è la materia e la forma sostanziale. In natura dunque vi sono due generi di sostanze; uno che è forma, l'altro che è materia; o in altre parole la natura ha d'uopo, d'una materia per le sue operazioni; per fare qualche cosa vuolsi di che farla.

La materia può considerarsi in due modi — come potenza o possibilità, e come soggetto.

Come potenza, distinguesi in attiva e passiva. La passiva considerata assolutamente è identica all'attiva. Ora nell'universo che è tutto quel che può essere, nè sarebbe tutto se non potesse essere tutto, la potenza e l'atto sono la medesima cosa. Quel che è tutto ciò che può essere è uno.

Come soggetto, una è la materia di cose corporee ed incorporee. Siccome nella Natura nulla si fa per salto ma tutto è collegato insieme, e vi ha un'analogia che unisce le cose tutte fra di loro, così affinchè la materia venga distinta in corporea ed incorporea, e necessario che esista una cosa indistinta dalla quale procede la distinzione; e questa cosa indistinta costituisce il primo genere della categoria. Inoltre evvi nella materia ogni numero, diversità, bellezza, ornamento, e dall'altra parte nella forma sono comprese tutte le qualità. E le forme non sono ricevute dalla materia estrinsecamente, ma essa tutte le contiene e da essa per virtù dell'agente universale (efficiente) si estrinsecano.

Dal sin qui detto s'inferisce che principio e causa, materia e forma, anima e corpo, atto e potenza sono uno, e come l'anima umana indivisibile e una, è non di meno presente in ogni parte del corpo da essa animato, così l'essere dell'universo è uno ed ugualmente presente in ogni individuo, parte e membro dell'universo; di modo che l'insieme, e ogni parte, sotto il punto di vista della sostanza non fanno che uno. Quest'essere discende verso di noi come noi ci eleviamo a lui; esso sviluppando la propria unità genera la varietà e l'infinità degli esseri: producendo le specie e i generi, non affetta nessun numero, misura, relazione; rimane uno e indivisibile in tutte le cose. L'universo è uno perchè è tutto; dunque è infinito, e quindi immobile, perchè l'infinito moto corrisponde all'immobilità. Se è immobile non ha uopo di motore. I mondi infiniti in esso contenuti muovonsi per principio interno che è la propria anima; e però è vano cercarne il motore estrinseco. — Dio adunque empie tutte le cose, compenetra tutte le parti dell'universo ed è tutto quanto in tutto il mondo come in ciascuna sua parte.

I sensi sono incapaci di rivelarci l'essere e la sostanza; non ce ne fanno conoscere che l'apparenza e il finito, la parte e non il tutto. L'infinito, il necessario che è il vero scopo della scienza non può essere concepito che dalla ragione .

Dalle discipline filosofiche di Bruno, nelle quali si è svincolato da ogni rivelazione sovrannaturale procede come da sorgente la filosofia moderna che le ha sviluppate, ampliate e sottoposte ad un metodo rigoroso.

Da Bruno procede Cartesio. È di Bruno quella verità di Metodo che G. Reynaud attribuisce a Cartesio e dichiara irrefragabile: «Noi non conosciamo in se medesima la sostanza o l'essere che è in sè e per sè. Che dico? Noi non conosciamo alcun essere propriamente parlando. In noi non si trovano che idee, e un'idea non rappresenta mai altra cosa che l'attributo d'un essere». Procede Spinoza: —tutto ciò che è non è che modificazione divina.

Ma in Bruno il subbietto non è affogato come in Spinoza nella sostanza universale: Spinoza paragona la condizione dell'Io nel tutto ad una bottiglia natante nell'Oceano. Nell'opinione di Bruno la sostanza universale o l'Uno, comprende, come notammo, il massimo e il minimo. Questo minimo (che non è se non il microcosmo o la monade di Leibnitz) costituisce l'io intelligente che sale a perfezionarsi nella crescente cognizione dell'Assoluto. O altrimenti; nella infinita trasformazione della sostanza divina, l'intelletto universale indirizzando la natura a produrre le sue specie, l'intelletto dell'uomo tende alla produzione di specie razionali salendo nella scala degli esseri dagli inferiori ai superiori per vivere una vita più beata e più divina. Il Panteismo di Bruno all'opposto del Panteismo obbiettivo di Anassimene, di Diogene, d'Apollonia, ecc., rende infinito il finito: invece di impietrare il subbietto nel tutto lo vivifica e lo fa attivo.

Procede Hobbes: — Non vi ha che un essere indeterminato o subbietto generale, e i fenomeni di cotesto essere o modificazioni del subbietto.

Procede Malebranche: — Noi pensiamo in Dio, e l'estensione intelligibile è in Dio in cui sono tutte le idee, il quale identifica in sè il corpo e lo spirito.

Procede Schelling: — Nell'Assoluto evvi l'identità assoluta del subbietto e dell'obbietto della ragione divina e dell'umana.

Procede Fichte: — Tutto ciò che esiste ha sua sede nell'io e nelle sue modificazioni. Fichte invertì il Panteismo di Bruno. Bruno divinizza l'universo: Fichte l'individuo.

Procede Hegel: — L'ontologia e la logica sono uno e ne emerge l'identità dell'idea e della realtà; il principio assoluto consiste nel pensiero puro, nell'assoluto concetto. Il sistema di lui segna il più eccelso grado sin qui toccato dalla scienza filosofica.

Bruno inoltre circa due secoli prima di Lessing, di Condorcet e di Herder significò per forza d'intuito la legge del progresso indefinito la cui determinazione forma la gloria principale del secolo XIX, là dove dice che scopo della causa efficiente è la perfezione dell'universo, la quale consiste nello sviluppo successivo e interminabile di tutte le forme.

Pertanto Egli il grande precursore dell'età nostra caduto in potestà di Roma fu consegnato agli esecutori della giustizia cattolica, affinchè fosse clementissimamente e senza effusione di sangue punito . E in vero non vi fu spargimento di sangue perchè venne arso vivo in Campofiore presso al teatro di Pompeo li 17 febbraio del 1600.

III.

Bernardino Telesio

Dipartendosi ugualmente da Platone e da Aristotele Bernardino Telesio provasi di fondare col solo ausilio dell'osservazione e dell'esperienza una dottrina speculativa che ponendosi in rapporto immediato coll'esistenza sociale vi eserciti un'azione positiva e senza incertezza. Al quale uopo sviluppando il disegno di Parmenide e tesoreggiando la fisica di Democrito e le cogitazioni di Plutarco ricostruisce tutto il sistema cosmologico. Il caldo ed il freddo sono le due sostanze primarie e incorporee o principii attivi che agiscono perpetuamente sulla materia — principio corporeo passivo od obbietto —, la quale è atta a ricevere le impressioni d'entrambi; da una parte vi ha calore, luce, rarefazione, mobilità; dall'altra, freddo, opacità, densità, immobilità; il caldo ha sede nel cielo, il freddo nella terra. Il calore nei corpi celesti è disugualmente distribuito, e così la virtù luminosa. È pure differente, e per la velocità e per la curva descritta, il loro moto. Il calore dei corpi celesti produce tutte le trasformazioni e le generazioni sulla terra. Fra la terra e il cielo evvi uno spazio intermedio o natura mediana, prodotto dalle azioni e reazioni del cielo e della terra. Dal perpetuo combattimento di questi   due elementi contrari che mirano a invadere la massa immensa della materia risultano tutte le specie d'esseri, d'azioni, di forze, di qualità, ecc. In questa lotta il sole tenta di render sole la terra, e la terra ha verso il sole la opposta tendenza, ma lo spazio intermedio o natura mediana annulla il reciproco conato .

Telesio discorre poscia tutte le vicissitudini della luce e del calore sulla materia e accenna alle reazioni di questa che non aumenta mai, nè diminuisce in tutti li suoi svolgimenti, e arriva alla conclusione che eterno è il sistema del mondo. Telesio fu predecessore e maestro di Bacone, come quei che gli ha additato il metodo d'investigazione filosofica, e che il Bacone riguarda «primo fra i moderni che abbia meritato il titolo di filosofo. » Nel minuto esame fatto sul libro di Telesio dal cancelliere d'Inghilterra si legge: «Ogni filosofia sia quella di Telesio o d'altri, che immaginando un sistema del mondo, lo fabbrica, lo bilancia, lo sviluppa in modo che esso non sembri derivare dal caos, non è che una filosofia superficiale. » Sembraci in vero che il precettore della filosofia positiva e sperimentale adduca ragioni non troppo profonde, nè troppo scientifiche per sostenere l'accusa di superficialità data alla filosofia di Telesio.

Infatti Bacone si riferisce al sistema cosmologico di Mosè e conchiude «la fede debb'essere l'unica nostra guida in tale questione, ed è nei libri destinati a consolidarla che noi dobbiamo cercare la verità» . Ognuno sa che la Fede non è la Scienza.

Era naturale che l'autore di una dottrina la quale nel suo risultato cancella il principio di creazione, e col rifiutare le astrazioni a favore degli esseri reali , le logiche ambagi della filosofia ufficiale per l'esperienza e l'induzione , col sostituire l'evidenza sensibile che non ammette il miracolo al dogmatismo cattolico che riposa sul miracolo, scalza l'edificio di Roma, trovasse oppositori i filosofi cattolici e persecutori i depositarii della Fede. La sua opera in effetto venne impugnata da Antonio Solino, da Jacopo Antonio Marta, da Andrea Chiocco, dal Padre Abate Grillo; ed egli salvossi appena dalle ecclesiastiche vendette fuggendo da Napoli.

Tommaso Campanella

Ma ebbe in Tommaso Campanella una strenuo difensore e continuatore . — Sentire è sapere. Questa formula costituisce il fondamento delle sue speculazioni. I sensi, ei dice, sono il fondamento di tutte le scienze; le cognizioni che essi ci danno sono certe perchè nascono dalla presenza medesima degli obbietti; e la ragione è tanto più certa quanto più si sta aderente ai sensi, e fallibile tanto più in quanto se ne discosta; e siccome i sensi danno la nozione del particolare, così il metodo per iscoprire il vero consiste nell'induzione, la quale è un'argomentazione che conclude dalla diciferazione delle parti al tutto. La logica in suo pensiero, non è che Parte che insegna il linguaggio filosofico, la quale dividesi in tre parti che rispondono ai tre atti dell'intelletto — il concetto, il giudizio, il ragionamento, i quali non sono che differenti modificazioni della sensibilità.

Nella logica l'argomentazione è il lavoro dello spirito che sale dal noto all'ignoto per conoscerlo, dichiararlo e provarlo: la definizione si ricava dalle cose sensibili, e si trasporta nelle intelligibili; e vi ha più modi di definire, perchè vi ha più maniere di essere; e imperciò Dio non è definibile perchè non presenta che una differenza negativa. Adunque esperienza e induzione sono li due strumenti coi quali Campanella, continuando Telesio, tentava di ricostrurre l'edificio della conoscenza umana.

Ma non nella natura soltanto il Campanella addita la fonte della cognizione, egli l'addita nella rivelazione; dall'una derivando la filosofia e dall'altra la religione. E questo secondo fonte fu l'errore che ha infermata l'opera sua vastissima. Campanella ebbe consecrato il proprio genio e le vigilie a comporre in una sintesi le molteplici diramazioni della scienza , e a quest'uopo, ciò che Bacone non fece, intese a dar base convenevole al monumento, cogitando una metafisica dalla quale figliassero e nella quale si nudrissero la cosmologia, la fisica, la morale, la politica, l'economia . E su quella metafisica (scorgendo troppo aliena l'età sua dal porre in atto il suo concetto, nè sapendo rinunciare all'adorazione del proprio ideale, benchè il mondo reale contemporaneo lo smentisse) costrusse una città fantastica come Platone e vi si fe' cittadino, e vivendo in essa si sottrasse spiritualmente allo squallore del proprio carcere. La città del Sole contiene le prime linee del Socialismo.

Campanella considerando la religione il veicolo che conduce l'anima dal mondo sensibile allo invisibile ed alla maggiore perfezione, la sentì inseparabile dalla filosofia; quella procedendo in particolare da uno degli attributi dell'essere, l'amore, la seconda dalla conoscenza ed entrambe avendo in comune il terzo attributo la potenza. Ingegno anticipatore precorse di troppo il suo tempo. Egli si accinse a risolvere un problema che in effetto riuscì soltanto a posare; nè fu ancora risoluto a' dì nostri se la religione e la filosofia siano inseparabili. E ove il risultamento riesca affermativo, vuolsi per fermo una religione in ogni sua parte conforme ad ogni parte della filosofia; e se la filosofia ne' suoi progressi perenni si innalza vieppiù sempre alle regioni del vero e quindi indefessamente aspira all'avvenire, è indispensabile una religione che non sia la mera espressione del passato, poichè l'accoppiamento del cadavere triduano al corpo vivo non è per certo sorgente di vitalità.

Ora il Campanella speculativamente emancipatosi dalle fascie dell'Aristotelismo tentò un sistema filosofico di rinnovamento, ma sposandolo alla rivelazione cattolica lo incadaverì ; d'onde la tenuità dei frutti del proprio lavoro, senza dubbio meraviglioso. Era necessario che alla sintesi precedesse l'analisi, la quale sfabbricando quella rivelazione sgombrasse la via a un nuovo verbo religioso.

L'importanza, certamente rilevantissima, del Campanella nella storia degli svolgimenti del pensiero umano, si raccoglie nell'avere egli con profetico lume speculato il prodromo intellettuale dell'avvenire.

Campanella prima di por mano all'affrancamento del pensiero e alla riedificazione del mondo ideale aveva tentato di liberare la patria dalla politica servitù, e trasse nel suo proponimento vescovi e monaci, nobili e popolo di buona parte del reame di Napoli «e gli dava l'animo (scrive Pietro Giannone che pur lo giudica con poca benevolenza) in quella rivoluzione di mutar le Calabrie e il regno in ottima repubblica, con toglierlo dalla tirannide dei re di Spagna e dei loro ministri, gridando libertà. Egli e i suoi promettevano di liberare tutte le monache dai monasteri, uccidere tutti i preti e monache che non volevano aderire ad essi, e passare a fil di spada tutti i Gesuiti» . Ma, la cospirazione tradita da Fabio di Lauro e da Giovan Battista Biblia di Catanzaro, il Campanella dovette gemere 27 anni nelle carceri di Napoli come patriota, e tre in quelle del Sant'Uffizio a Roma come filosofo. «Fu sette volte torturato, egli stesso narra , e, ridotto esanime, cacciato in cinquanta prigioni durissime: un giorno venne stretto con nodose funi che gli furono all'osso per quaranta ore; altra fiata, appeso per le mani legate a tergo, sovra legno acutissimo che gli ha divorate le carni deretane, facendogli versare dieci libbre di sangue, e finalmente, dopo sei mesi di conseguente malattia, gettato in una fossa, sino al termine della prigionia. »

IV.

Pietro Pomponazzi

Innanzi che Campanella si avventurasse prematuramente alla sintesi, il lavoro analitico in Italia era già cominciato con Pomponazzi e proseguito da Vanini; ma faceva mestieri di più lungo e più universale travaglio intorno al vecchio dogma acciò che la demolizione fosse compiuta e si potesse dar mano a rifabbricare saldamente. Pomponazzi con proponimento di riconoscere per veri tutti gli enunciati della dottrina cattolica corroborati dall'Aristotelismo, secondo che li esamina vi rinviene il verme interiore che li rode, e la sua fede via via si dissigilla, e con acutissimi ragionari, mina, quasi suo malgrado, l'edificio che volea fortificare. Ei trova che Dio non agisce che indirettamente sul mondo in generale, e sugli individui; che verun argomento razionale gli dimostra il mondo creato nel tempo, e l'immortalità dell'anima ; imperciocchè in suo avviso: — il corpo naturale comprende due sostanze; materia e forma: la forma di tutti i corpi naturali è un essere corruttibile e che regolarmente

16

perisce tutte le volte che il composto perisce, cioè viene convertito in altra specie naturale; quindi se l'anima non è immateriale non può essere immortale. — Passa in rassegna la dottrina della predestinazione e con critica acutissima combatte San Tommaso, e ironicamente conclude: se San Tommaso ha ricevuta la sua dottrina direttamente da Cristo intorno alla predestinazione, allo influsso ed all'efficacia della grazia, benchè mi sembri falsa e impossibile, e le soluzioni di lui mi paiano inganni ed illusioni, per seguire il consiglio di Platone che devesi credere agli Dei ed ai loro figliuoli, io mi sento in obbligo di accettarla. Tolta di mezzo la predestinazione fassi intorno alla Provvidenza, e riesce alla dimostrazione del libero arbitrio, onde provvidenza divina e libero arbitrio umano si contraddicono. Nè il Fato ha in suo avviso maggior consistenza; «poichè se è in nostra potestà, egli scrive, di fare e di non fare alcune cose, non può dirsi che dell'azione o dell'ommissione sia causa il fato, perchè il fato trae seco la necessità». — Sottopone all'istessa stregua i miracoli e ne inferisce che «le ossa d'un cane non produrrebbero meno sicuramente la guarigione, se il malato che confida nella virtù delle reliquie, formasse la medesima immaginazione riguardo a quest'ossa che riguardo alle ossa o alle ceneri dei martiri».

Dalla sua teoria sull'anima deduce la morale, essere la virtù oggetto della vita e premio a se stessa; la speranza dei premii, il timore delle pene dopo la morte rendere gli uomini interessati e codardi; la dottrina dell'immortalità dell'anima quindi risolversi in artificio politico per reprimere le inclinazioni brutali degli uomini grossolani. Un gran numero di fraudolenti e di scellerati, son sue parole, credono all'immortalità dell'anima, e molti santi e giusti non vi credettero fra i quali Simonide, Omero, Alessandro Afrodiseo, il grande Alfarabio, Abubaker, Avempace, Plinio 2° e Seneca.

Le sue opere gli suscitarono una moltitudine di nemici e di persecutori; quest'ultima venne arsa a Venezia ed egli fu salvato dal rogo, non già per la cura che si dava di distinguere la filosofia dal credo cattolico, bensì dall'interposizione potentissima dello scettico cardinal Bembo presso Leone X, il quale si limitò alla pubblicazione d'una Bolla che eccitava i fedeli a credere nella immortalità dell'anima.

Lucilio Vanini

Pomponazzi demolisce apertamente il Cattolicismo come filosofo, negando le conclusioni della sua filosofia come cattolico, — le tenaglie e gli aculei del Sant'Ufficio, gli facevano curare questa distinzione — Vanini continua l'opera di Pomponazzi con metodo consimile, atteggiandosi ad oppugnatore della incredulità e dell'ateismo; ma son così tenui e ridicoli gli argomenti schierati in favore del Cattolicismo, e così concludenti e vigorose le contraddizioni, che veruno può rimanere perplesso sulla vera intenzione dell'autore. Per esempio: adduce le sibille, gli oracoli, i miracoli come prove irrefragabili dell'intervento della Provvidenza nella vita umana e nel governo del mondo; parimenti adopera quando parla di Dio, de' suoi attributi, dell'immortalità dell'anima, dell'origine del male fisico e del morale . Ragionando della fatalità, riproduce le opinioni di tutti i filosofi antichi che la sostengono, e le confuta, ma in maniera di riuscire al seguente risultato: «Se Dio sa il male, lo fa: se lo vuole, se può farlo ne è l'autore; perchè in Dio il pensiero e la creazione sono identici, conoscere è produrre la cosa conosciuta, causarla, farla. Stabilire l'esistenza di Dio è stabilire la fatalità» . Imperocchè definisce Dio, buono senza qualità, grande senza quantità, e per lui conoscere, agire e volere sono atti identici.

In suo giudizio il mondo è eterno, perchè la prima materia è la sola potenza, l'atto puro, Dio stesso; vicina a Dio è la sostanza immateriale; vicina alla materia la forma della incorporeità . Onde puossi ragionevolmente respingere con Diodoro a 500,000 anni addietro l'origine del genere umano da una grande corruzione di materie animali. Ma Vanini come buon cristiano crede alla Genesi di Mosè.

Non indietreggia d'innanzi a Gesù Cristo, e corre intrepido verso il suo scopo. Egli finge di convertire un ateo in Ginevra; ma l'ateo vittorioso gli dimostra che Cristo non è altrimenti figlio di Dio e Dio, ma un uomo di somma accortezza, che seppe eludere con ingegnosi ripieghi le difficoltà e le obbiezioni dottrinali de' suoi avversarii, e massimamente lo ammira per la sua idea dell'Anticristo. I Profeti predissero il Messia redentore degli uomini e così dischiusero l'adito ad ogni ambizioso di darsi per tale. Gesù predice l'Anticristo il quale verrà dall'inferno, coperto di delitti, a funestare il mondo. Ora chi vorrà comparire Anticristo per proporre un nuovo verbo religioso? In conseguenza sin che l'Anticristo non si presenti il Cristianesimo rimarrà incrollabile.

Vanini protesta che se non fosse nato nel seno della santissima religione Cattolica si riderebbe della risurrezione dei corpi, dei demoniaci, delle apparizioni, delle visioni degli angeli e dei demonii: considererebbe i miracoli di Cristo effetti naturali delle rivoluzioni celesti; il dono delle lingue agli Apostoli, il prodotto della ubbriachezza e via dicendo: insomma crederebbe che ogni religione è un'impostura, una superstizione, un mezzo, come opinavano gli antichi, e non un fine.

Così è che Vanini penetrando arditamente nel santuario del Tempio Cattolico ne ha iniziata la demolizione dal di dentro, e come filosofo panteista nell'Amphiteatrum, e materialista nel libro De arcanis naturae demolizione continuata da Bayle, da Voltaire coll'istesso sogghigno e con gl'istessi artifici. E questi artifizi furono scudo a Vanini fin che scrisse; ma allorchè colla voce viva si diede a francamente diffondere le proprie dottrine in varie parti d'Europa, non isfuggì al corruccio antico dell'Inquisizione. «Io l'ho veduto, scrive un contemporaneo, sul carrettone, quando lo si menava al supplizio, ridendosi d'un Cordigliero, che gli era stato dato per consolarlo e farlo rinvenire dalla sua ostinazione. Vanini feroce (?) e ostinato rifiutò le consolazioni del Cordigliero che lo accompagnava, e insultava al Nostro Salvatore con le parole: — egli sudò di paura e di debolezza andandosene alla morte ed io muoio intrepido. — Prima che fosse apprestato il fuoco al rogo gli venne ordinato di porgere la lingua per essere tagliata, e vi si rifiutò, e il carnefice non potè averla che con tenaglie delle quali si è servito per afferrarla e strapparla. Non si è mai inteso un grido così spaventevole; il resto del suo corpo fu consumato al fuoco e le sue ceneri gettate al vento.»

V.

Galileo Galiei.

In questa età eroica del pensiero italiano due giorni innanzi che morisse Michelangelo nasceva Galileo, e la posterità lo riverisce Giove olimpio della Scienza. E se i filosofi dianzi ricordati, liberarono l'intelletto umano dall'autorità aristotelica nell'ordine degli studi metafisici, Galileo annichilò quell'autorità nelle scienze positive. Rivelatore massimo della natura intrecciò meravigliosamente i portati dell'esperienza ai pronunciati ideali della filosofia, talmentechè l'immortale schiera delle sue invenzioni e delle scoperte si raccoglie intorno ad alcuni sommi principii come circolo al proprio centro; ed egli credeva alla partecipazione all'anima universale, alla nullità del male e alla conservazione di tutte le cose; opinioni fondamentali che per avventura desunse dalle speculazioni di Bruno. Però non costrusse palesemente il monumento scientifico su quei principii così che pigliasse figura determinata di sistema, onde schivare il rogo del panteista Nolano: ma un'interiore e quasi direi spirituale parentela collega ad essi ciascuna delle sue conquiste sulla lettura, e parmi che il non ravvisarla impedisca di comprendere e di apprezzare la vigorosa unità della sua mente, ed ebbe infatti taccia da Des Cartes e da altri, quasi d'uomo empirico. Codesto intreccio del mondo ideale e del reale, dello astratto e del concreto, dei dettami speculativi e delle loro applicazioni è visibile in tutta la vita intellettuale del Galileo: la matematica, per esempio, scienza sino a lui meramente astratta e comparativamente infeconda, venne da lui applicata all'astronomia, alla meccanica, alla fisica, e imperciò fatta potentissima propulsatrice di nuovi veri: seppe egli perfino conciliare la venustà e le eleganze attiche con l'austerità o se vuoi ruvidezza della forma scientifica e lasciò anche in questa parte seguaci cospicui, e Torricelli e Magalotti e Viviani e Redi e Rucellai e Marchetti. In questo periodo storico di servitù, politica, di tirannide sulle coscienze e di necessario decadimento nella Letteratura in cui il pensiero italiano erasi rifugiato nell'orbe della filosofia e della scienza, quei solenni uomini curarono di tramandare a noi nepoti incontaminato il palladio nazionale — la lingua; e quella cura fedele lunghesso la via scabra che discorrevano e in tempi tristi, a me pare santa carità di patria. L'economia del presente scritto non comporta che io narri i miracoli dell'ingegno di Galileo, nè credo vi sia italiano di mediocre cultura che meglio di me non li conosca: dirò solamente che in astronomia ha rivelato un nuovo mondo e create di pianta la fisica e la meccanica, e consumato il divorzio perpetuo delle Matematiche dalla Chiesa cattolica. Prima di lui eransi consecutivamente distaccate da essa, la Poesia, le Arti, la Filosofia. Con lui se n'è separata la Matematica, la scienza eterna, la scienza di Dio; per lui la Chiesa rimase sola e fuori di strada (la Chiesa un dì signora e capitana della civiltà europea), mentre l'umanità procedette con passo veloce e securo sulla via-maestra del perfezionamento.

La Matematica mercè di Galileo fu più infallibile della Chiesa, scrollò la volta metallica del firmamento e con essa, che n'era base, ridusse in polvere la città eterna dei beati, come in appresso grazie della Geologia, scomparve il regno della dannazione collocato dalla Leggenda sacra nel cupo centro della Terra.

Impertanto Galileo a settant'anni, e ammalato, ebbe slogate le ossa dalle funi del Cattolicismo in Roma: ginocchioni e in camicia dovette dichiarare una delle verità cardinali della filosofia naturale falsa, assurda, eretica e contraria alla Scrittura.

Si è disputato lung'anni, e disputasi tuttavia se Galileo sia realmente soggiaciuto alla prova della tortura. Ma a rimuovere ogni dubbio avvi un libro intitolato: Arsenale sacro, ovvero pratica dell'Ufficio della Santa Inquisizione, stampato in Roma nel 1730, e dedicato al glorioso Inquisitore San Pietro Martire.

Innanzi tratto riferirò i termini del giudizio pronunciato e firmato da sette Cardinali sopra Galileo — Parendo a noi che non avevi detta interamente la verità circa la tua intenzione, giudicammo essere necessario venire contro di te al RIGOROSO ESAME ecc. — Che significa la frase rigoroso esame? L'Arsenale sacro risponde nella sesta parte al titolo — Della maniera di interrogare i colpevoli nella tortura. — Alla pagina 263 sta scritto: —

L'accusato avendo negato i delitti attribuitigli, e questi delitti non essendo pienamente provati, se nel termine assegnatogli per difendersi non ha detta cosa alcuna a proprio discarico, oppure, se terminate le difese egli non ha cancellati gli indizi che contro di lui risultano dal processo, è necessario, a fine di cavarne la verità, di procedere contro di lui al RIGOROSO ESAME; LA TORTURA ESSENDO PRECISAMENTE STATA INVENTATA PER SUPPLIRE AL DIFETTO DI TESTIMONIANZE, QUANDO ESSE NON BASTANO A DAR LA PROVA INTERA CONTRO L'ACCUSATO.

Ma Galileo non doveva essere torturato che sulla intenzione; ora il regolamento della tortura in tal caso, trovasi a pagine 267, 268 270, sotto il titolo: Modo di esaminare in tortura sopra l'intenzione solamente. «Ove restino dubbi nell'animo de' Giudici sull'intenzione, ecco il rimedio.» — In questo caso i signori Inquisitori, avendo veduta l'ostinazione dell'accusato, decretano, che egli sia sottomesso alla tortura SULL'INTENZIONE e la credenza, ecc., ecc. Ed eglino ordinano che il prevenuto sia condotto al luogo del tormento, che sia spogliata anudo, attaccato, applicato alla corda, ecc.

Nel mentovato giudizio sopra Galileo, abbiamo detto «giudicammo essere necessario venire contro di te al RIGOROSO ESAME» dunque pur troppo Galileo fu torturato .

VI.

Fra Paolo Sarpi.

Se non che, malgrado le vittorie della filosofia e della scienza, malgrado la Riforma la quale non fu seguita nel mezzogiorno dell'Europa, l'autorità della Chiesa rimase potentissima e rispettata massime in Italia, in Francia, in Ispagna, ove inceppava l'azione del governo civile col Diritto canonico e vigilava le opinioni individuali col Sant'Ufficio. Le minaccie della scomunica facevano ancora impallidire il principe che avesse tentato di limitare quel Diritto e il quale obbediente prestava la sua mano ad immolare i liberi pensatori. Comunque sia, i grandi veri rivelati da quei martiri del pensièro non irradiavano che sulla mente d'una parte eletta della famiglia umana, e volevasi un lungo giro di tempo, una serie indefinita di sviluppi e di applicazioni, prima che l'universale degli uomini potesse esserne affetto; e quindi la Chiesa ne ricevesse detrimento. D'altronde la sistematica oppressione politica, che affliggeva l'Italia indipendentemente dal Cattolicismo, avrebbe vietato che le dottrine di quei maestri, le quali miravano a scalzare tutto l'apparato dogmatico della religione, con forme più semplici, con metodi più regolari fossero stati rese accessibili ai più, perchè, come notai cominciando, il libero esame in materia religiosa trae seco il libero esame in materia politica. E questa via sarebbe stata anche più conforme all'indole dell'intelletto italiano, il quale è virtualmente condotto a trapassare dall'errore alla verità senza soffermarsi ai gradi intermedi. Infatti, quando l'Europa stava genuflessa ai piedi dei Pontefici, Roma li cacciava o gl'imprigionava e costituivasi in Repubblica, e Arnaldo voleva sostituire l'Evangelio alla Chiesa e l'Allighieri non solo negavale la sovranità temporale ma aspirava di essere Profeta d'una nuova affermazione del Cristianesimo. E mentre la Germania e l'Inghilterra si distaccavano dal papato promulgando a metà i diritti della ragione, l'Italia con Pomponazzi, con Bruno e con Vanini bandiva risolutamente la rivelazione, il sovrannaturale, e adombrava il pensiero moderno; per la qual cosa non abbracciò la Riforma: non l'abbracciò anche perchè l'austera semplicità del culto protestante non si addice all'immaginazione meridionale, che vuole nella religione una fonte ispiratrice del suo genio di artista: non l'abbracciò perchè la teoria della predestinazione toglie la responsabilità umana, e l'Italia fu sempre pelagiana; teoria del resto necessaria a Lutero imperocchè se la sorte dell'uomo oltre la sepoltura viene da Dio prefissa è inutile il prete: così d'un tratto tutta la gerarchia cattolica rimase proscritta.

In tale stato di cose non avanzava all'Italia che un solo mezzo onde annichilire rapidamente il prestigio del Papato e apparecchiare il cammino alle generazioni verso un altro ideale. E quel mezzo fu additato e terribilmente adoperato da fra Paolo Sarpi .

L'arma occulta che doveva spegnere la Chiesa consisteva nel dimostrare, standosene entro l'orbita della fede cattolica, che essa aveva torto. Ecco il grande assunto del Sarpi: ed egli aveva l'ingegno da ciò e Venezia gliene porse l'occasione e la facoltà. Venezia, (che storici libellisti e stipendiati fra quali principale il Daru che pur ebbe, e primo, modo d'interrogarne gli archivi segreti avevano infamata e dato pascolo alla fantasia dei poeti narrando e i Pozzi, e i Piombi, e la Bocca del Leone, e gl'Inquisitori di Stato, e le occulte esecuzioni capitali, e via dicendo, mentre si riconobbero poscia e Pozzi e Piombi mitissima carcere al paragone dello Spielberg, di Montesarchio, di Cajenne e di Lambessa e tutto il resto adulterato ed esagerato) Venezia durante il lungo periodo della schiavitù italiana è stata l'unico asilo del libero pensiero: l'ultimo raggio della gloria militare d'Italia — l'attestano vent'anni di lotte sanguinose sulle acque e dalle trincee di Candia: — la rocca inespugnata contro il Papato due volte — pontefici Sisto IV e Giulio II —appellandosi dal Papa al Concilio, sempre tenendo a rigido dovere il Clero, tollerando le opinioni religiose, spegnendo i roghi e tagliando le funi del Santo Ufficio . Ed ora Paolo V, erede fanatico dell'animavversione de' suoi predecessori contro la Repubblica, le ordinò di abrogare due antiche leggi in vigore, l'una del 1333 che impediva al Clero nuovi Acquisti; la seconda del 1357 che imponeva l'assenso del Governo per l'erezione di chiese, di ospedali, di monasteri e per l'istituzione di nuovi ordini religiosi. Il Senato rispose arrestando il canonico Saraceno violatore dei suggelli pubblici, seduttore e infamatore d'una donna; e il conte Ercolino abate, reo d'incesto e di stupro, fratricida, assassino dei rivali in amore e dei mariti ai quali corteggiava le mogli, concussionario e ladro; e promulgando nuova legge che vietava il ritorno ai chierici dei beni enfiteutici nelle successioni indirette.

Interrogato fra' Paolo dal Senato ad esporre quali fossero i rimedi contro i fulmini di Roma, rispose: o l'appellazione dal Papa al Concilio o la resistenza materiale, a preferibile la seconda perchè di effetto immediato, e perchè l'appellazione implica il dubbio che la ragione possa essere dell'avversario.

Divenute impossibili le pratiche diplomatiche, Paolo V fulmina l'interdetto contro Venezia e le provincie soggette. Sarpi, già creato Consultore e teologo della Repubblica, detta il proclama alle popolazioni che il Senato pubblicò, ove discorre i diritti dello Stato, i torti e gli abusi della Chiesa, e gli obblighi di proteggere gl'interessi dei cittadini . Il Senato fortificò quel proclama ordinando al Clero di ufficiare come per lo addietro, piantando le forche davanti alla Chiesa d'un parroco disobbediente, espellendo i Gesuiti e sottoponendo a discussione col mezzo della stampa il fatto dell'Interdetto e il diritto della Chiesa di fulminarlo. Fra Paolo incominciò il combattimento traducendo un trattato di Gerson teologo ortodosso e cancelliere di Parigi nel quale insegnasi che il Papa non è Dio, che è obbligatoria la resistenza all'abuso delle somme chiavi, che in tal caso il sopportare le scomuniche è pazienza da asino e timore da lepre e da sciocco : poi stampando col proprio nome uno iscritto proprio sulla validità delle scomuniche. E dietro di lui una schiera di dottori assalse il Vaticano per ogni verso, e ciò che più inviperiva la Chiesa e palesavane la sconfitta era il fatto che gli scritti de' suoi fedeli divulgavansi pubblicamente nella Repubblica, ed ella registrava all'Indice gli scritti dei Veneziani. Il Sarpi continuò la lotta con una serie di nuovi lavori, e le Considerazioni sulle censure di Paolo V contro la Repubblica di Venezia, e il Trattato dell'Interdetto nei quali soggetto a un esame storico-critico e le scomuniche, e il loro carattere, e l'origine, e i limiti della potestà dei Papi, e i diritti del potere civile sugli ecclesiastici e sui loro beni, con una dottrina, un'evidenza e una dialettica sì formidabili che al Bellarmino e agli altri avvocati della Chiesa null'altra arme rimase se non quella ignobile e innocua degl'improperii. Il Sarpi inoltre valendosi per primo in tali materie della lingua italiana, rese popolari le nuove idee.

Intanto l'Europa spettatrice attonita dell'avvenimento senza esemplare d'un popolo rimasto cattolico che lottò vittoriosamente contro il capo del cattolicismo sin'allora creduto infallibile, e contro il quale fosse impossibile l'opposizione senza incorrere nella eresia, apparecchiavasi a tesoreggiare l'insegnamento. E furono vedute successivamente, Torino dichiarare nulla una scomunica papale (1613), Lucca resistere a Urbano VIII (1640), la Spagna, l'Achille dell'Inquisizione, a più riprese e più gagliardamente che altri affermare l'indipendenza della potestà civile (1611 e seg.) e la Francia promulgare le quattro proposizioni famose della Chiesa Gallicana (1682) e la setta dei Giansenisti (1623), reintegrando l'austerità nella morale che i Gesuiti corruppero, contribuire al rovesciamento della Compagnia, che poscia venne espulsa dal Portogallo, dalla Francia e dalla Spagna, e finalmente soppressa. Seguirono quindi le riforme di Leopoldo, di Giuseppe II, di Tanucci, e quelle ancora più ardite di Venezia nel 1760, poi la rivoluzione francese e la prigionia del Papa. Ma ora la storia assume nuove sembianze. Questa serie di riforme civili ed ecclesiastiche, operate dai Principi e sulle quali corse lo spirito creatore della filosofia e dalle quali salendo ad idee più generali, dedusse gli ultimi fondamenti del Diritto, doveva essere continuata dai popoli: e se grazie a Sarpi i popoli conobbero i proprii diritti rispetto alla Chiesa, e n'ebbero interpreti i Principi, mercè della Rivoluzione francese, impararono i proprii diritti anche rispetto ai Principi, i quali ugualmente minacciati si strinsero a causa comune con la Chiesa. Fu opera di Popolo la morte del Papato; da Roma ei lo dichiarò decaduto (1849). Un esercito imperiale s'accampa negli Stati che appartennero ai Papi; ostacolo materiale, e perciò transitorio, all'esercizio della sovranità del Popolo; ma il Papato non è più — e parimenti non è più il Cristianesimo imperocchè alla Politica che scalzava il Diritto Canonico precorse e procedette parallela la Filosofia che scalzava il Dogma e la Dottrina.

Nè il Sarpi si ristette agli ottenuti trionfi accontentandosi di scritti occasionali e polemici onde affermare l'indipendenza assoluta della potestà civile, e togliere ogni vitalità al Papato.

La Chiesa assalita d'improvviso e inerme fra i tripudii letterari e le magie artistiche e l'ateismo pratico della corte di Leone X, dalla Riforma, provvide precipitosamente alle difese come persona sgomentata e demente, e si fece usbergo di due immoralità, l'istituzione della Compagnia di Gesù e la Sinodo Tridentina. I Casisti della Compagnia con infinite distinzioni, con l'artificio delle seconde intenzioni spianarono l'ispida via della morale cristiana e resero giustificabili tutte le colpe. Assicurando il Paradiso dopo morte con la satisfazione di tutte le passioni in questa vita persuasero facilmente l'Europa meridionale di starsene fedele, a patti così cospicui, alla Chiesa romana. Ma l'ausilio potentissimo di questa milizia poderosa, intrigante, audace, pieghevole, astutissima, non bastava all'uopo. Era gran mestieri, a fronteggiare il pericolo che ferveva minaccioso in Germania e nella Svizzera, togliere ogni incertezza sulla sede dell'autorità. Giacevano perplessi gli animi nel giudicare se essa spettasse al Concilio o al Pontefice; bisognava decidere, e per una

Dittatura. Il Papa convocò la Sinodo coll'oggetto apparente di riformare la disciplina ecclesiastica e i costumi del clero; ma non se ne parlò mai; trattavasi di stabilire l'autocrazia del Pontefice, l'infallibilità e il suo commercio immediato con lo Spirito Santo; e vi si pervenne a traverso mille sotterfugi e perfidie, e agognati, e olismi, e seduzioni, e venalità e minaccie, e paure. Oggi due Vescovi nel calore della discussione vengono alle pugna e si strappano la barba; domani per deviare l'attenzione da un punto sfavorevole a quella supremazia è data una festa da ballo ai Padri del Concilio — monsignori e cardinali; poi si trasferisce il Concilio in altra città pretestando il contagio delle petecchie; o si sospende una deliberazione per aspettare un Nunzio straordinario; o per interpellare il parere di Roma, o s'interrompono indefinitamente le sezioni, e ripigliansi quando con lusinghe e con oro profuso puossi contare sulla maggioranza; e da questo crogiuolo di brutture morali esce la sovranità assoluta del Papa sulle coscienze, e la sanzione dei dogmi fondamentali del Cattolicismo. Compiuta l'opera della Sinodo e licenziati i Padri, la Chiesa pubblicò i nuovi canoni, come oracoli della Divinità, sopprimendo per quanto le venne fatto gli atti, i documenti, le lettere missive, i diari, i rapporti diplomatici, tutto insomma che poteva contribuire alla storia del più importante e più scandaloso avvenimento del secolo XVI, e riuscì per qualche tempo ad avvolgerlo di oscurità misteriosa: molti — e i più, oltramontani — saggiarono di portarvi entro la fiaccola della storia, ma appena fu loro dato di illuminarne alcuna parte separata. Quarant'anni di ricerche, i tesori degli archivi veneti, attestazioni di testimoni oculari, la corrispondenza epistolare e la famigliarità con gli uomini più eminenti d'Europa, dotti, diplomatici, magistrati, Principi, profonda dottrina storica, teologica, legale, pratica degli affari pubblici a delle arti oblique di Santa Chiesa e altezza d'ingegno, posero il Sarpi in grado di scrivere la Storia del Concilio di Trento, capolavoro se altro mai di narrazione, di stile, di critica, di caratteri storici, rivelazione limpida e genuina delle contraddizioni, delle empietà, delle imposture e delle arti diaboliche di quella sinagoga ecumenica. Mai la Chiesa patì trafittura più crudele di questo processo criminale intentatole dal frate terribile, e mentre ella si rallegrava della sua palingenesi, videsi d'un tratto riaperta nel fianco ed esacerbata la gangrena insanabile. Che le fruttò la storia apologetica dello Sforza Pallavicino? La necessità delle cose condusse inconsapevolmente l'autore gesuita a palesare inverecondie e raggiri ignorati o taciuti dal Sarpi, e d'onde ella speravasi salute n'ebbe peggioramento.

Non solamente nell'arringo della teologia, della giurisprudenza, della critica, della storia, della politica la posterità saluta nel Sarpi uno dei maggiori artefici del progresso umano: l'occasione lo costrinse su questo arringo, e a questi studi si accinse per sollazzo dell'ingegno. Ma il suo genio lo guidava su altre vie più feconde forse e per fermo più splendide e in ciascuna lasciò treccie di luce perpetua.

Sarpi fu il più grande enciclopedico che la storia ricordi; non vi ha parte dello scibile ove egli non abbia scoperti nuovi veri o rettificati molti errori, o assai lacune adempiute. Ma pur troppo non curò di legare ai posteri i frutti del potentissimo intelletto che ei prodigava in via di consiglio, o di discorso, o di commercio epistolare ai contemporanei, al Galilei, all'Acquapendente, al Santorio, al Gilbert, a Bacone ecc. e l'indifferenza o la perversità degli uomini privò la scienza de' pochi manoscritti suoi, depositarii di trent'anni di meditazioni. Delle quali sappiamo quel tanto che fu riprodotto o testificato da altri; e fra essi Galileo lo saluta comun padre e maestro e afferma che in Europa niuno oltrepassavalo di cognizioni nella Matematica; Acquapendente lo chiama sommo principalmente nell'Ottica; Antognini gran capitano lo riconosce dottissimo nella strategia; il Gilbert, primo nella dottrina dell'elettricità e del magnetismo; il Wesseling, nell'anatomia, e altri nella botanica, nella geologia e via dicendo, e il Grisellini che consultò i manoscritti conclude un esteso ragguaglio scrivendo che non solo il Sarpi superò gli antichi ma precorse ancora alcuna delle idee e delle dottrine che da eccellenti filosofi e matematici nelle età posteriori alla sua furono esposte e pubblicate, cioè dal gran Galileo, dal Cavalieri, autore del metodo degli indivisibili, da Giovanni Keplero, da David Gregory e da altri .

Sarpi, matematico — compone un Trattato sulla ricognizione delle equazioni, commenta, amplia, corregge in molti luoghi erronei le opere del Viète che introdusse le lettere dell'alfabeto nell'algebra:

Fisico – inventa il Termometro o almeno ne divide la gloria col Galilei: scrive un volume ove discorre le proprietà elettriche della calamita, e di più altri corpi magnetici; opina che la terra sia una gran calamita che attrae i corpi circostanti, d'onde il principio della gravitazione dei corpi verso il centro; propone le basi alla soluzione del problema delle longitudini; nota la declinazione dell'ago magnetico; parla dell'originario magnetismo del ferro, dell'azione reciproca dei corpi calamitati: scopre la contrazione e dilatazione dell'uvea nell'occhio, e così porge una delle basi alla teoria della visione; scoperta che implica la conoscenza profonda dell'Ottica ne' suoi rispetti anatomici e matematici: scrive un trattato sul moto delle acque: calcola le leggi del moto di una palla cacciata dal cannone, e fa osservazioni sul Barometro è sugli specchi ustorj avvertendo che la loro concavità è generata da una curva parabolica:

Astronomo. — idèa il telescopio, stende primo tavole selenografiche ove sono determinate le macchie lunari, che poi l'Evelia, denominò, Colchis, Mare Adriaticum, Mons Sinai, Pontus Euxinus, ecc., collabora alle ricerche del Galilei, e spiega per un moto unico il sistema dell'universo:

Meccanico — inventa il pulsiligio per misurare le battute dei polsi, e partecipa, per i consigli e per i lumi dati, all'onore della Statica del Santorio:

Architetto — costruisce, siccome è fama, il Teatro anatomico di Padova e l'insigne palazzo Donati in Venezia:

Anatomico — propone l'introduzione artificiale dell'aria negli asfissiati; e scopre la circolazione del sangue, contestatagli dal Morgagni e dagli inglesi i quali l'attribuiscono al loro Hervey. Il Morgagni adduce il silenzio dell'Acquapendente; ma Gassendi nota nella Vita del Peiresc: De quibus (valvulis) ipse (Peiresc) aliquid inaudierat ab Aquapendente, et quarum inventorem primum Sarpium Servitam meminerat . E Giovanni Walleo: De circulatione Harvejana mihi secretum aperuit Veslingius (professore d'anatomia in Padova 1628) nulli revelandum; esse nempe inventum Pauli Veneti (a quo de ostiolis venarum habuit Aquapendens) ut ex ipsius autografo vidit, que Venetiis servat P. Fulgentius illius discipulus et successor. Gl'Inglesi e fra essi Giorgio Enzio, alunno dell'Hervey, accusano il Sarpi d'essersi appropriata quella scoperta dopo aver letto il libro dell'Hervey: ma il libro fu pubblicato nel 1628 e Sarpi morì nel 1623.

Filosofo — Lunghi anni prima di Locke sviluppa con metodo geometrico la dottrina del sensismo, talmentechè il libro dell'Arte di ben pensare, siccome avverte il Foscarini, pare l'originale sopra cui Locke abbia copiata. E per verità Sarpi stabilisce la differenza fra le sensazioni e le qualità sensibili, cioè che le sensazioni non risiedono negli oggetti, ma nell'intelletto; e ne deriva il principio della riflessione la quale adombra l'idea dell'anteriorità dell'intelletto agente, alla sensazione; cosicchè la sentenza aristotelica, che la sensazione è l'origine delle idee, rimane sostanzialmente modificata nelle sue ultime conseguenze. E dimostrando l'anteriorità dell'intelletto, venne fatto a Leibnitz di rovesciare il sistema filosofico dell'autore inglese. — Sarpi ammette la trasformazione successiva degli esseri inorganici negli organismi, e quindi negli animati e negli intelligenti. — Propende allo stoicismo e ne deduce la teoria della predestinazione, credo, per impugnare le massime immorali dei casisti gesuiti dei quali era avversario gagliardissimo.

Orbene, quest'uomo, lume e decoro della umana famiglia, illibato, disinteressato, modestissimo, fu fatto pugnalare in Venezia; (23 ottobre 1607) da sicarii mandati, pagati e protetti dalla Santa Madre Chiesa. Sopravvissuto a venti stilettate, appena il patrocinio immediato dei Dieci lo scampò da più altre insidie contro la sua vita studiate in Vaticano nel 1608, 1609 (due volte), 1610, 1618. E il cardinale Barberini (poi diventato papa col nome di Urbano VIII) disse acquistarsi indulgenza colui che ammazzasse fra' Paolo .

Sin qui abbiamo rammentato le sorti della poesia e della filosofia sotto il patrocinio del Monarcato e del Cattolicismo; ora dobbiamo toccare dell'altro ramo della letteratura, la storia.

«O Italiani, gridava Foscolo, io vi esorto alla storia, perchè niun popolo più di voi può mostrare nè più calamità da compiangere, nè più errori da evitare, nè più virtù che vi facciano rispettare nè più grandi anime degne di essere liberate dalla obblivione da chiunque di noi sa che si deve amare, difendere ed onorare la terra che fu nutrice ai nostri padri ed a noi, e che darà pace e memoria alle nostre ceneri. — Io vi esorto alla storia, perchè angusta è l'arena degli oratori, e chi mai può contendervi la poetica palma? — Ma nelle storie tutta si spiega la nobiltà dello stile, tutti gli affetti della virtù, tutto l'incanto della poesia, tutti i precetti della sapienza, tutti i progressi e i benemeriti dell'italiano sapere.»

Studiando i volumi di storie dettati nel periodo della vita italiana che esaminiamo, non è a dire come essi si discostino dall'ideale vagheggiato da Foscolo, e l'ideale di Foscolo era particolarmente artistico, ché se ci prefiggiamo nella nostra analisi un ideale filosofico, ci apparirà necessariamente vera la sentenza dell'istesso Foscolo: dopo l'introduzione della Monarchia, l'Italia non ebbe nè poteva avere storia veruna; e l'altra: che i popoli servi non hanno storici che i panegiristi del loro signore.

Il gravissimo tema vorrebbe una indagine accurata e sudata, ma qui avvertirò solamente quanto comportano le dimensioni del presente scritto. La storia che, secondo la cospicua definizione di un poeta indiano, è quel lampo che distrugge l'inviluppo dell'ignoranza, e rischiara convenevolmente tutta la casa interiore della Umanità invece di essere quel lampo rischiaratore delle azioni umane, l'educazione viva e irresistibile degli ingegni e degli animi, il flagello del male, la rimuneratrice della virtù, la rivendicatrice della innocenza, l'avvocata del diritto, l'evangelizzatrice della libertà, lo specchio forbito e genuino del Vero, il Verbo rivelatore del come lo spirito dell'uomo perviene alla coscienza di sè, non ottenibile che nel concetto e nel possesso della libertà, fu una cortigiana frivola, pettegola, bugiarda e inverecunda.

Se eccettui il Sarpi, non è dato nel giro di dugencinquant'anni additare onorevolmente che il Muratori, balio della storia italiana, per dirla con Gino Capponi. Ei fu rivelatore del Romano Impero, disseppellitore del medio evo, talmentechè senza i lavori miracolosi di questo gigante della critica, sarebbero state impossibili le opere di Gibbon e di Sismondi. Mercè di lui soltanto, ad una società di dotti animati dall'istessa carità della patria, integri e profondi come Tacito, narratori ornati e austeri come Macchiavelli, filosofi speculativi e positivi della tempra di Galilei, e che poggino all'altezza a cui nell'età nostra la filosofia innalzossi, sarà concesso di scrivere la storia d'Italia; imperocchè paionmi insufficienti a costrurre l'erculeo monumento, la mano l'ingegno e la vita di un solo artefice: nè quel monumento l'Italia potrà ripromettersi, se innanzi con virtù propria non provvegga alla libertà e alla unità nazionale. Il mecenate degli scrittori della storia nazionale, debb'essere la nazione. «Non è difficile l'indovinare, nota il Foscolo, che il Muratori ebbe a lottare contro legioni di nemici in Italia; e i Gesuiti lo minacciavano e assalivano da tutte parti, e con tutte le loro arti subdole insieme e crudeli. Questa demoniaca setta, che oggi si arrabatta a risorgere, toccava appunto allora la somma altezza di preponderanza. Il Santo Ufficio e i frati non avendo potuto ardere l'autore di libri che contrariavano a' loro interessi, praticarono di lasciar vivo l'autore, e di bruciare le opere per mano del loro manigoldo. Ma nè in questo pure riescirono e si contentarono di predicare infamie e di scrivere articoli di giornali contro di lui chiamandolo eretico, per punirlo di avere vittoriosamente addotta la testimonianza della Storia Ecclesiastica, che essi sino allora avevano adulterata o fatta tacere in Italia». Non ugualmente avventurato fu Pietro Giannone. Sarebbe soverchia sollecitudine dal canto mio il lumeggiare gli altissimi pregi che ingemmano la sua Storia civile del Regno di Napoli, imperocchè ciascuno conosce quanto essa sia ragguardevole per la vasta dottrina, per i coraggiosi e vittoriosi assalti contro le usurpazioni della Chiesa, per la nitida e profonda sposizione delle consecutive vicissitudini della Giurisprudenza ecclesiastica e della civile, ora apportatrice ed ora portato dei mutamenti sociali e dei politici, onde quell'Opera puossi denominare un quadro verace delle trasformazioni della civiltà nel Regno, compatibilmente colle dottrine filosofiche prevalenti all'epoca dell'autore. Rammenterò siccome ultimo esempio dimostrativo del principio che mi studiai di rendere innegabile, avere egli sofferte le persecuzioni non mai placabili del Cattolicismo e del Principato, essere stato con infame tradimento sedotto a porre il piede da Ginevra in Savoia dal Re di Sardegna per suggestione del Papa, indi gettato in carcere, ove posto in balia dell'Inquisizione, dopo dodici anni morì . «Fu grave macchia di questo regno — suo malgrado confessa un caldo panegirista dei Reali di Savoia — Giannone, «esule da Napoli a Ginevra, e di là venuto «a Savoia, e là arrestato e tenuto poi prigione nella cittadella di Torino, dove morì il 17 marzo 1748. Tutte ciò per compiacere a Roma» .

Vico fu salvo perchè non compreso che dopo la sepoltura. Non udì l'opera (La Scienza Nuova) altra accusa, egli stesso narra, che ella non s'intendeva .

C'è voluto la intrinseca eccellenza del carattere italiano per produrre in mezzo a tante tenebre e a tanto scempio morale questi uomini di tempra antica, che collocatisi in catena fra l'anteriore civiltà e la futura, dall'alto dei roghi o dal fondo delle prigioni, si trasmisero l'un l'altro, rivedendolo, correggendolo e accrescendolo, il volume della Scienza.

PARTE SECONDA

DEGENERAZIONE E RIGENERAZIONE

Gli ultimi cinquant'anni.

Cadute le repubbliche del medio evo, fissatosi stabilmente lo straniero in Italia, essa fu spartita in sei o sette monarchie parimenti d'origine straniera che, appoggiate ora a Spagna, ora a Francia, ora ad Austria, vi si mantennero sino al presente, d'onde la sua decadenza, che nella seconda metà del secolo XVIII toccò l'ultimo grado, dopo di cui un popolo o cessa di appartenere alla storia, o comincia una vita nuova. Infatti il più ortodosso feudalismo opprimeva il reame di Savoia, che nei tre precedenti secoli appena aveva dati segni di essere uscito dalla barbarie, talmentechè quando tra la pace di Utrecht e la guerra del 1733 si ristabilì l'Università, fu d'uopo chiamare di Napoli, di Roma, di Venezia, di Parigi e anche dalle Fiandre quasi tutti i professori .

Le leggi e le costituzioni erano contrassegnate da una crudeltà stupida e sterile, perchè gli arbitrii del Vaticano ne impedivano quel poco di bene che, come figlio illegittimo, talvolta nasce dal male: «i ribaldi si ricoveravano negli atrii delle chiese o nei chiostri dei conventi, dove sicuri vivevano e d'onde uscivano per rubare e bruttarsi le mani nel sangue .» I reali bigotti e ignorantissimi, capaci di preferire un trombetta a Franklin, a Jenner, a Volta «reggevano il Piemonte, come uno Stato divulso e segregato, con freno paterno, ma stretto e arbitrario, trascurando le industrie e i commerci, le scienze e le arti : i nobili vieppiù ignoranti, oltracotati, pitocchi e mignatte insaturabili dello Stato; 120 milioni di pubblico debito per l'esercito: sole gesta segnalate, i pii sterminii dei Valdesi, il dilemma memorabile «la messa o l'esilio!!» Lagrime di dolore e di rabbia mi scaturivano nel vedermi nato in Piemonte, gridava Alfieri, ed in tempi e governi, ove niuna altra cosa non si poteva nè fare nè dire, ed inutilmente forse ella si poteva sentire e pensare . Nissuna vita nuova, nissun impulso, nissuna scintilla d'estro fecondatore; un aere greve pesava sul Piemonte e i liberi respiri impediva. L'istesso vivere tanto assegnato del principe, faceva che la consuetudine prevalesse sul miglioramento, e che nissuna dell'usato sentiero uscisse, ancorchè più facili più utili, più dilettevoli strade, in luoghi vicini, di sè facessero mostra. Dai duri lidi fuggivano Lagrange, Alfieri, Denina, Berthollet, Bodoni, e fuggendo dimostravano, che se quella era per natura una feconda terra, un gretto

30

coltivatore aveva . Genova, malgrado i miracoli del popolo nel 1746, rifusa da suoi spilorci ed evirati patrizii in sullo stampo dell'età di mezzo. L'oligarchia veneta frolla e annighittita sotto allori gloriosissimi, ma antichi ed inutili: e quello scadimento, benchè larvato dalle fogge della magnificenza, era il debito gastigo pel colpevole obblio in cui ebbe lasciati dieci milioni di sudditi greci. Evvi nel mondo una giustizia distributiva: Venezia ha incatenata e calpestata la patria di Milziade, e di Epaminonda anzi che ridarle la vita e farla scudo all'Occidente e quindi a se medesima contro Maometto, e Venezia, la Venezia dei Dogi, venne alla sua volta incatenata, calpestata, venduta e morta. Milano e Mantova, feudi imperiali trasformati, cautamente, in alveari di burocratici austriaci. La Santa Sede sbertata nell'opinione europea, e assai più nell'italiana; dieciotto mila assassinii in sul declinare del secolo consumati nel solo Stato pontificio, retto da ottantaquattro mila leggi. In Napoli il peso di 395 diritti feudali sulle cose e sulle persone. La Baronia possedeva più che metà delle terre del Regno, e sopra 14 milioni e 400 mila ducati di annue imposte essa ne pagava solamente 268 mila. Il Regno numerava 2765 città terre e luoghi abitati, dei quali 50 nel 1734, e non più di 200 nel 1789 non erano feudali; dodici legislazioni vigenti; nei giudizi criminali processo inquisitorio, la tortura, i suplizii, e l'arbitrio nel criterio dei giudici; in vigore il giudizio del truglio, non interrogati i condannati, nè reputata indispensabile la loro difesa: pena di morte a chi si fosse trovato con arma presso le ville, le case, i parchi, le caccie, le officine, gli atrii appartenenti al re: tortura ai borsaiuoli: remissioni di colpe e di pene all'occasione degli onomastici, dei natalizii e di altre feste della reggia, tanto frequenti, dice il Colletta, che se ne contano diciannove in trenta anni; onde il popolo quasi aggiravasi in cerchio perpetuo di delitti, di barbare pene, di impunità e delitti peggiori: pena di morte ai Liberi-Muratori: tre anni di galera per chi leggeva i libri di Voltaire: tre mesi di carcere ad ogni lettore della Gazzetta di Firenze; e acciocchè il guazzabuglio fosse compito, da una parte la cacciata degli Ebrei, dall'altra la cacciata dei Gesuiti: l'istruzione pubblica affidata ai laici, e nell'Accademia delle Scienze e delle Lettere gli Accademici onorarii eletti dal Supremo arbitrio del re nella sublime nobiltà (parole testuali dello Statuto). Filangeri protetto da Tanucci ministro, e poco dopo i suoi libri sbanditi e in Sicilia arsi. La Sicilia barbara ancora più apprestò il fuoco all'ultima pira della Santa Inquisizione. In Toscana un codice buono e qualche opposizione alle papali esigenze. Duchi di Parma e di Modena avversi al Pontefice e alla aristocrazia, ed avuti da Pio VI in concetto di demagoghi. A Lucca la censura del Discolato.

La Monarchia e il Papato che in siffatta guisa contaminavano e avvilivano la Penisola, usarono le più minute diligenze per ispegnere nel petto degli Italiani ogni senso di vita libera e dignitosa per intorpidirne e addormentarne gl'ingegni, per renderli indifferenti all'aspetto dello straniero e degli ottanta mila frati; indifferenti ai rimproveri che uscivano dai sepolcri e dai monumenti repubblicani, che repubblicana è la gloria, repubblicano il genio nazionale, repubblicana tutta quanta la storica eredità: e si è toccato il segno di gettare il fango sul sacro capo di Dante.

Cotesti cinquant'anni rappresentano un'epoca di sfacimento completo, d'un ordine di idee, d'instituzioni, di tradizioni e di costumi, il quale letterariamente incominciato col Risorgimento, teologicamente determinato dalla Riforma, politicamente trasfuso nel così detto Nuovo sistema di Stati, che fu sigillato nel consesso di Westfalia, aveva finito il suo compito nello svolgimento progressivo della civiltà.

Dal conte Algarotti al conte Alfieri

Due gesuiti e un cortigiano formano il triumvirato che personifica in questo periodo il pensiero in Italia. Questi tre artefici della completa degenerazione nazionale innondarono l'Italia con una biblioteca di vaniloquii, di puerilità e di cialdoni letterarii e si guadagnarono l'ammirazione e gli applausi d'una moltitudine di poeti e di prosatori ancor più miseri, pei quali l'apice del merito consisteva nell'improvvisare o nello scrivere un sonetto, un'egloga, un epitalamio, e nel dettare qualche vuota diceria accademica.

Francesco Algarotti, figlio d'un mercante veneziano, cortigiano d'Augusto III di Sassonia e di Federico II di Prussia, dal quale fu fatto conte, ciamberlano, cavaliere, consigliere intimo di guerra, trasse primo le Lettere all'ultimo grado della decadenza, comecchè le avesse richiamate dalle ampollosità onde le avviluppò il Marino nel poema l'Adone: ove però l'esorbitanza delle metafore, la stranezza delle antitesi, l'intemperanza degli epiteti e il falso splendore delle frasi sono compensate da molta vena poetica e vi sostituì non copia e sodezza di pensiero e sobrietà di linguaggio, ma un fare piccino e leccato, e tinte scialbe. Invano cercheresti nei suoi 17 volumi, non che una aspirazione patriotica, un'idea nuova o virile. Quei volumi sono un mosaico di concettini e di paroline.

Nel Saggio intorno a Orazio si affatica di difendere la cortigianeria invereconda del Poeta latino, tessendo così indirettamente l'apologia di se stesso, come colui che ha bazzicato per le Corti, e non rifuggì dal farsi ministro e compagno alle voluttà di Federigo. Il Neutonianismo per le dame, opera sua principale, mira a rendere accessibile alle donne e agli intelletti minori le alte speculazioni del Galileo d'Inghilterra: l'Algarotti colla più cospicua superficialità e colla solita dizione slombata, pettegoleggia sulla luce e sui colori, sulla struttura dell'occhio e sugli oggetti che vi si riflettono e sovra assai altre bagatelle, e gli vien fatta di buscarsi lodi e dall'inglese Herwey e dal Voltaire, benchè il Neutonianismo fosse un pallido simulacro delle sue Lettres sur Newton. Scrisse un Saggio sulla Pittura lodato dal Lanzi, valente autore della Storia pittorica: ne' tempi tristi e di cattivo gusto anche i più giudiziosi spesso vengono travolti dalla corrente dell'opinione pubblica. In quel saggio si nota bensì alcuna osservazione sottile, ma nessun senso profondo dell'arte, nessun cenno del suo ufficio nella vita d'un popolo. «La langue et le style en sont exécrables, du dernier exécrable» anche in giudizio del Baretti.

Taccio degli altri scritti affatto inconcludenti, e mi limiterò a spendere alcune parole intorno al Congresso di Citera e al Giudizio d'Amore; le due opere s'intrecciano fra di loro così che la seconda è il commentario della precedente; entrambe caratterizzano l'uomo e l'epoca.

In Citera avvi un tempio consecrato ad Amore, il quale è corteggiato dalla Voluttà, dalla Speranza e dall'Ardire. Milady Gravely per l'Inghilterra; madame Jasy per la Francia e Beatrice per l'Italia, vanno in Citera, e nel tempio espongono il diverso metodo di fare all'amore nei rispettivi paesi. La Voluttà analizza a uno a uno que' metodi e ne addita gli errori e le incoerenze, e poscia espone eruditamente le massime fondamentali della sapienza erotica e l'arte di praticarle.

Dopo di che entrano nel tempio i cavalieri d'Amore, spronati dalla Speranza e dall'Ardire, e ricevono una lezione dal Nume sulle regole di servizio. Indi accompagnati dalle dame passano a solazzarsi nelle circostanti selvette afrodisiache.

In pari tempo i due gesuiti, Saverio Bettinelli di Mantova e Giambattista Roberti di Bassano, con non minore copia di volumi, e non meno applauditi, rinfiancavano l'opera corrompitrice del Contino: il primo con le Lettere Virgiliane, con la Dissertazione accademica sopra Dante, con l'Elogio del Petrarca; il secondo coi Trattati del leggere i libri di metafisica, Del leggere libri di divertimento; con le lettere Sopra il canto dei pesci, col Ragionamento sopra la divozione del sacro cuore di Gesù, ecc.

Il Bettinelli si prefisse a principale scopo di allontanare gl'Italiani definitamente dallo studio di Dante, imperocchè ogniqualvolta eglino bevvero a quella fonte non fu mai per loro età di fiacchezza, di codardie e d'obblivione. Onde il gesuita pose ogni cura, e spese il suo vasto sapere nel lumeggiare alcuni difetti che per avventura s'incontrano nelle opere di quel sommo; malignamente ommettendo di rilevarne le bellezze stupende e innumerabili, e sopratutto tacendo il pensiero fondamentale che ispirò il grande poeta e al quale ha conformata tutta la sua vita. Nè si ristette al semplice ufficio di critico sleale: il gesuita con sacrilego labbro tentò coprire di onta e di derisione il padre della civiltà italiana, deplorando ch'ei non abbia continuato a fare lo speziale ed abbia abbandonato la moglie Gemma ch'era un pan di zucchero, e ne riscosse approvazione in tutta l'invilita Italia, toltone qualche ingegno solitario che ne l'ha acconciamente redarguito; fra gli altri è primo il Gozzi. E in luogo di Dante, il Bettinelli proponeva a modelli di bello scrivere e di poetare, le lambiccate prose del cardinal Bembo, quelle pedantissime di monsignor Della Casa, le rime del Costanzo senza calore d'affetto e di stile, e, quasi direi di riverbero, le proprie.

Il gesuita Roberti scrittore attillato, tutto vezzi, smancerie e concettine armeggiava come panegirista letterato del Cattolicismo contro le tendenze della filosofia contemporanea. E vi si accingeva sostenendo, senza la cattolica religione impossibile la probità; e continuava dichiarando essere stata constantemente la filosofia nemica della Religione; narrando che Rousseau scrisse Il contratto sociale quando forse incominciava la nota turbazione del suo cervello; che quindi quel libro è un tessuto di follie. Egli temeva i libri non per la fede, ch'è fermissima, ma per i fedeli che sono debolissimi; e finalmente, sgomentato dal progresso veloce del pensiero, candidamente esclamava: Oh Dio! talvolta se non desidero l'antica ignoranza quando appena si sapeva leggere un codice, desidero almeno l'antica difficoltà quando con pena si doveva trascrivere ogni codice.

E per fermo l'Algarotti, il Bettinelli e il Roberti seppero scegliere i mezzi più convenienti onde sottrarre l'ultimo alito di vitalità all'ingegno italiano. Algarotti inocula e diffonde il mal seme delle sensuali turpezze; e in ciò gli è potente e ben altrimenti svergognato ausiliario Giambattista Casti, l'autore delle Novelle Galanti. Bettinelli colpisce di ostracismo le opere rigeneratrici di Dante, e tutto iroso vibra il flagello della critica sull'Alfieri e sul Parini, che davano mano a risuscitarle e rimetterle in onore; Roberti dichiara antiumana e antisociale la filosofia, drizza il colpo alla radice abolendo la ragione e invocando la barbarie. Tutti e tre evirano e riducono cadavere la lingua, principalissimo vincolo nazionale in Italia e sua migliore guarentigia per l'avvenire.

Dal fin qui detto, come che per brevi cenni, vedesi chiaro di qual sorta di letteratura sia madre e nudrice la tirannide laicale e sacerdotale; vedesi chiaro che l'idea essenziale animatrice dell'epoca storica di cui si è dianzi ragionato, aveva esaurite tutte le possibili applicazioni e, resa ormai sterile, faceva presagire l'avvicinarsi d'una epoca susseguente nella quale le lettere come le arti, la vita morale come la politica, il sentimento religioso come le discipline filosofiche fomentate da una novella idea feconderebbero nuovi principii di progresso.

Ma quella augusta processione d'altissimi ingegni che, inascoltata sempre, pellegrinando sul cimiterio d'Italia, conservò integro il filo della tradizione nazionale nei tre secoli corsi dal Concilio di Trento a noi, non si è punto assottigliata durante gli ultimi cinquant'anni che discorriamo.

Se la nazione istupidita e petrificata dalla servitù porge avidi orecchi alle enciclopediche inezie dell'Algarotti; Genovesi, Verri, Galiani e Intieri propulsano i secreti d'una giovine scienza che involverà gran parte dell'avvenire europeo — l'Economia pubblica: — Filangieri riassume e trasfonde la filosofia del secolo XVIII in uno splendido riorganamento della scienza legislativa; e Beccaria rompendo le funi e spegnendo i roghi della Inquisizione suscita un grido di esultanza in tutta l'Europa. Se Roberti proscrive la ragione per la fede, e insegna l'immorale dottrina che Dio salverà, purchè credente il malvagio; Antonio Genovesi con ben altro vigore d'intelletto e dirittura di coscienza pone innanzi all'autorità la ragione, alla credulità il dubbio filosofico, ai delirii scolastici l'osservazione della natura. Se Bettinelli offre agio a Voltaire di divulgare dall'alto della sua bigoncia europea che Dante è un pazzo e la sua opera un mostro, Parini e Alfieri colla parola e col pensiero dell'Allighieri bastano a riscotere dal torpore e dall'obblio di tre secoli la penisola. Veruno dei filosofi della immortale legione che abbiamo salutata pronunciò il nome d'Italia agli Italiani; perchè ognuno s'accorse che essa era morta politicamente; taluno di loro ha cercato il secreto della sua risurrezione altrove, ma invano: tutti si rifuggirono nelle intatte regioni del pensiero, a ordirvi la tela delle idee che il nostro secolo dispiegò a ventaglio: l'Italia quindi non li ha compresi; anzi precinta e ispirata dalla sinodo Tridentina giudicandoli folli ed eresiarchi guardò indifferente alle prigioni che li ha logorati o alla scure che li ha mozzi del capo, o alla pira che li ha inceneriti. Spensierata e voluttuosa, non badava al sonito delle catene; amava la schiavitù conciliatrice dell'ignavia, fomentatrice del sensualismo. «E il non sentire il dolore, osserva Quinet, fu il pessimo de' suoi danni.» In questi tre secoli vissuti tra le lascivie di Armida, cantate dal Tasso, o nella imbecillità olimpica degli Arcadi, la sola nota di lamentazione sulla grandissima rovina fu fatta intendere da quella in fra le arti che, non avendo uopo di concretare l'ideale in un obbietto sensibile, si sottrae, nelle proprie rappresentazioni interamente spirituali, alla perspicua vigilanza della tirannide. La musica con Marcello, Palestrina, Porpora, Scarlatti e Cherubini è un'orfana che piange sul sepolcro della madre: ma quei gemiti sfiorano appena la sensibilità della nazione. La grande Sibarita, quando udiva il linguaggio trascendente di Bruno o di Vico, e quando Galilei le narrava le glorie dei cieli, mutava fianco sul suo letto di mille fiori; quando parlava Galiani sulla Moneta o Beccaria sulla Tortura, o Genovesi sul Commercio, ella sorridendo ripeteva le strofe del Metastasio; quando le elegie musicali del Paisiello parea dovessero condurla a meditare sulla propria degradazione, soavemente si addormentava. Un popolo, come un individuo, ridotto imbelle dal macchiavelismo dell'oppressore, prostrato sotto il peso d'un'autorità religiosa, assoluta e indiscutibile, cullato da una letteratura eunuca e vezzosa, non riacquista la coscienza di sè che punto dallo stile del ridicolo o squassato dal fulmine d'un'ira magnanima; Parini e Alfieri adempiono al nobilissimo ufficio. Parini pubblica il Giorno, e con fine ironia, accoppiando magistralmente i maestosi andamenti dell'epopea alle frivole cure della corrottissima nobiltà italiana, svela ad una ad una le miserie morali, lo scadimento intellettuale e le ampollose vanità di questa classe.

L'immortale Poemetto destò uno scroscio di risa in tutta Italia: e quei nobili che a Genova, a Venezia, a Firenze ebbero tanta parte nelle glorie nazionali; che in codesti trecent'anni col codice alla mano di Baldassare Castiglioni seppero nascondere sotto le larve della grandezza esteriore, e delle maniere squisite, la piaga interiore che li disfaceva, vedendosi d'un tratto esposti al supplizio della ilarità generale, furono abbastanza disinvolti per deporre le pompe bugiarde, discendere in mezzo alla folla e ridere con essa. In Italia, terra classica di repubbliche, non prese mai ferma radice il feudalismo. In Italia vi furono patrizii, non nobili. La Monarchia serbò la pleiade nobilesca come semplice decoro del trono. I nobili italiani d'allora in poi divennero livree di Corte. Il Giorno di Parini ha disperso l'ultimo fantasma del vecchio patriziato, e l'Italia, forse sola in Europa, non è solcata da classi distinte, prodromo prezioso nella riconquista della personalità nazionale .

Intanto in mezzo a questa folla tuonò la parola sdegnosa e fulminea dell'Alfieri, e dopo tanti anni d'obblio corse sulla fronte dell'Italia il rossore della vergogna e nel suo cuore il fremito dell'ira. Una frase dell'epitaffio ch'egli s'è apparecchiato rivela tutto il suo pensiero e spiega la sua missione: ed è ugualmente nemico de' tiranni e degli schiavi; e nelle sue venti tragedie campeggia pensiero unico che si risolve in due momenti — l'odio della tirannide da cui emerge quasi raggio riflesso l'amore della libertà: il disprezzo contro gli oppressi, d'onde questi indirettamente derivano la coscienza della propria dignità d'uomini, quindi il dovere di ricuperarla.

Questo pensiero governa il suo genio sia che apra la scena nel foro romano, o nella reggia di Saul, o sotto la tenda d'Alboino, o nell'Escuriale, o entro le case maledette degli Atridi di Grecia e di Firenze. Aggiugni alla sua efficacia la forma circoscritta e serrata ch'egli ha dato alla tragica composizione. Quattro o cinque interlocutori al più: moltissima rapidità d'azione, forzato concentramento d'affetti e di passioni, che penetrano profondissime e diritte; non coloriscono un largo disegno umanitario come in Schiller o principalmente filosofico come in Shakspeare: Alfieri trapassa a parte a parte il cuore e i visceri del pubblico italiano. Aggiugni l'assoluta sobrietà di locuzione, la studiata asperità dei versi e della costruzione; l'evidenza costante e terribile delle idee e delle cose. Gli effetti raggiunti da questi quadri modellati sui tipi del Capaneo e dell'Ugolino furono potentissimi. L'Italia surta «come persona che per forza è desta», comprese a colpi di capolavori tutta la sua onta secolare; e mentre le tragedie dell'Alfieri le stillavano l'odio non placabile contro ogni maniera d'oppressione, udiva un'altra voce ben più poderosa di altri schiavi sulla Senna che già cominciavano a dar mano per costrurre il diritto sulla forza; e sin da quel momento ella segnò i primi passi sul cammino della redenzione.

La Rivoluzione francese distrusse le castella e i codici feudali, la ragione divina del Clero e della Monarchia, e su quel campo raso ha inaugurati i diritti dell'Uomo. Poi, apostolo armato, scese in Italia a divulgarvi la Buona Novella, e vi trovò il terreno apprestato a ricevere e fecondare le nuove idee dai filosofi, dagli economisti, dai filantropi, dai giureconsulti del secolo XVII e perfino da alcuni Principi riformatori, per fermo inconsapevoli di vibrare l'accetta alle radici dell'albero di famiglia.

Le violenze in cui essa trascorse le impedirono di compiere il rinnovamento della società europea sotto il consolato della Libertà; non evvi sodalizio possibile fra libertà e violenza; ciascuna ha proprietà geometriche ripugnanti fra loro come quelle del triangolo e del circolo, onde la Rivoluzione dovette piegarsi ad essere amministrata dal Despotismo: il despotismo rivoluzionario nella patria di Carlomagno, per impulso di tradizione, per intrinseca forza espansiva, per antitesi col dispotismo conservatore e quindi pel supremo uopo della esistenza deve tendere al monarcato occidentale: se non che la Santa Alleanza del despotismo conservatore, ferito, ma vivo e gagliardo tuttavia, ruppe il disegno del nuovo Carlomagno, e il Diritto divino fu restituito: però il Codice Civile non potè essere relegato a Sant'Elena col suo autore, nè coi vecchi re reintegrata la vecchia ragione ecclesiastica e la feudale, nè inaridito nel cuore degli oppressi il sentimento della libertà come uomini e come cittadini della patria che Dio ebbe loro assegnata.

E in vero, la conquista della libertà nazionale è il tema perpetuo della storia d'Italia da sessantaquattro anni in qua. L'indefessa aspirazione degli Italiani alla libertà stabilisce la differenza fra la schiavitù sofferta in questo periodo e la schiavitù dei tre secoli che abbiamo discorsi; ed è differenza grande la quale si riflette naturalmente nelle manifestazioni del pensiero. L'ufficio civile della Letteratura, significato dal Foscolo , determina il moto degli intelletti, è il concetto dell'epoca: il poeta come il filosofo, l'economista come lo storico o abbiano scritto apertamente (unica dolcezza consentita dall'esilio), o siansi industriati di eludere le sospettose cautele della Censura, intesero con diverso magisterio a fomentare e crescere il sentimento della Patria Italiana. Ma se i costumi ingentiliti, il sindacato reciproco dei potentati e, ancora più, l'azione benefica e immediata dell'opinione pubblica europea con le mille voci delle gazzette resero impossibile il rogo di Bruno, la corda di Galilei, il pugnale di Sarpi, venne però fatto agli oppressori di precidere le ali agli ingegni, di mantenerli grami, di dimezzarne l'efficienza; e benchè l'Italia si pregi di alcun volume che non sarà dimenticato, desidererà, non dirò l'antico primato intellettuale, ma una letteratura nazionale, una scuola filosofica, un'influenza convenevole nell'incivilimento sinchè ella non diventi la libera patria degli Italiani; perchè la libertà è la Jerusalem degli ingegni.